हिन्द पॉकेट बुक्स

अपनी उन्नति आप कीजिए

स्वेट मार्डेन प्रख्यात अमेरिकी लेखक थे। इन्होंने जीवन में सफलता प्राप्त कैसे करें इस बारे में कई किताबें लिखी हैं। इनका जन्म 11 जून 1848, को न्यू हैम्पशायर, संयुक्त राज्य अमेरिका में हुआ और मृत्यु 10 मार्च 1924, को लॉस एंजिल्स, कैलीफोर्निया में हुई। इनकी पुस्तकें सारी दुनिया में बेहद लोकप्रिय हैं।

अपनी उन्नति आप कीजिए

स्वेट मार्डेन

हिन्द पॉकेट बुक्स
पेंगुइन रैंडम हाउस इम्प्रिंट

हिन्द पॉकेट बुक्स

यूएसए। कनाडा। यूके। आयरलैंड। ऑस्ट्रेलिया। सिंगापुर
न्यू ज़ीलैंड। भारत। दक्षिण अफ्रीका। चीन

हिन्द पॉकेट बुक्स, पेंगुइन रैंडम हाउस ग्रुप ऑफ़ कम्पनीज़ का हिस्सा है,
जिसका पता global.penguinrandomhouse.com पर मिलेगा

पेंगुइन रैंडम हाउस इंडिया प्रा. लि.,
चौथी मंजिल, कैपिटल टावर -1, एम जी रोड,
गुड़गांव 122 002, हरियाणा, भारत

पेंगुइन
रैंडम हाउस
इंडिया

प्रथम संस्करण हिन्द पॉकेट बुक्स द्वारा 1994 में प्रकाशित
यह संस्करण हिन्द पॉकेट बुक्स में पेंगुइन रैंडम हाउस द्वारा 2022 में प्रकाशित

10 9 8 7 6 5 4 3 2

इस पुस्तक में व्यक्त विचार लेखक के अपने हैं, जिनका यथासंभव तथ्यात्मक सत्यापन किया गया है, और इस संबंध में प्रकाशक एवं सहयोगी प्रकाशक किसी भी रूप में उत्तरदायी नहीं हैं।

ISBN 9789353495565

मुद्रकः रेप्रो इंडिया लिमिटेड

www.penguin.co.in

FSC www.fsc.org MIX Paper from responsible sources FSC® C047271

This is a legitimate digitally printed version of the book and therefore might not have certain extra finishing on the cover.

क्रम

आप ही अपना हित कीजिए

संसार में ऐसा मनुष्य कठिनता से मिलता है जिसका शरीर पूरी तरह अपने वश में हो। ऐसा व्यक्ति भी कोई बिरला ही मिलता है जो हाथ में लिए काम पर पूरा अधिकार रखता हो, जिसे पहले ही यह विश्वास हो कि मैं इस काम को अवश्य पूरा कर सकूंगा। अपनी विजय का विश्वास, समस्याओं से भिड़ने का साहस, फुर्ती और कार्यकुशलता मनुष्य के दुर्लभ गुण हैं।

यदि मनुष्य अपने-आपको अपनी सर्वोत्तम अवस्था में रखना चाहता हो तो उसे आप ही अपना हित करना होगा। इसके लिए आवश्यक है कि मनुष्य अपनी निन्दा न करे। जो अपनी निन्दा करता है वह भगवान की निन्दा करता है, क्योंकि भगवान ने ही मनुष्य को बनाया है। उपनिषदों में भी लिखा है : "अपनी निन्दा न करो। मनुष्य का जन्म उस दिव्य शक्ति ईश्वर से हुआ है।" इसलिए मनुष्य को अपनी योग्यता का सम्मान करना चाहिए। उसे अपने भविष्य पर विश्वास रखना चाहिए। ऐसा न करने से जीवन में और कार्यों में शिथिलता आ जाती है, मनुष्य की कार्य करने की शक्ति घट जाती है।

कुछ लोग अपनी दुर्बलताओं, रोगों और त्रुटियों को ही देखने में लगे रहते हैं। वे सोचते हैं, 'हम किसी गिनती में नहीं और न कभी हो सकते हैं।' ऐसे व्यक्ति सदा ही अपनी कमियों को बढ़ा-चढ़ाकर देखा करते हैं।

वे लोग अपने मन में अपना हीन, तुच्छ, घृणा योग्य और सूखा-सड़ा चित्र

बनाया करते हैं, और अन्त में सचमुच वैसे ही बन जाते हैं।

मनुष्य, अपने मन में जैसा अपने बारे में सोचता है, वैसा ही बन जाता है। उपनिषदों का वचन है : "मनुष्य जो मन में ध्यान करता है, वह वाणी से कहता है। जो वाणी से कहता है, वही कर्म करता है। जैसे कर्म करता है, वैसे फल पाता है।"

यदि आप अपने को सबसे उत्तम रूप देना चाहते हैं, तो कभी भी अपने मन में उसके विपरीत चित्र मत बनाइए। आप अपने मन में अपना ऐसा चित्र बनाएं, जो पूर्ण स्वस्थ, सुन्दर तथा श्रेष्ठ जीवन वाला हो। अपने-आपको हंसी के योग्य नर या नारी के रूप में देखने का प्रयत्न मत कीजिए। आप अपने स्वरूप का जो अनुमान अपने मन में करते हैं, उसका आप पर गहरा प्रभाव पड़ता है।

यदि हम अपने जीवन का सबसे उत्तम फल पाना चाहते हैं, तो हमें अपना भला सोचना चाहिए। यही नहीं, हमें अपने शरीर के प्रति भी न्याय करना चाहिए। तभी हम सबसे ऊंचे दर्जे के और सबसे प्रवीण प्राणी बन सकेंगे। शरीर का निर्माण, उसकी शक्ति और सुन्दरता का विकास करना उतना ही आवश्यक है जितना कि मानसिक विकास करना। ऐसे बहुत-से लोग हैं जो दूसरों के लिए भले हैं, परन्तु अपने प्रति वे भले नहीं हैं। वे अपने शरीर के स्वास्थ्य का ख्याल नहीं रखते। वे अपनी शक्तियों का संग्रह नहीं करते, वे अपने साधनों को एकत्र नहीं करते, वे दूसरों के सेवक हैं, पर अपने प्रति अत्याचारी हैं। दूसरों के प्रति ईमानदार होना एक उत्तम गुण है; पर अपने प्रति ईमानदार होना भी उतना ही आवश्यक है। अपना हितचिन्तन न करना उतना हीं बड़ा पाप हैं, जितना कि दूसरे का हित चिन्तन न करना। मनुष्य का यह पवित्र कर्तव्य है कि वह शारीरिक रूप में तथा मानसिक रूप में अपने-आपको ऊंची से ऊंची सतह पर रखे; नहीं तो वह संसार को वह सन्देश न दे पाएगा जिसके लिए उसने संसार में जन्म लिया है। प्रत्येक मनुष्य का यह पवित्र कर्तव्य है कि वह अपने-आपको उत्तम स्थिति में रखे। तभी वह अपना सबसे उत्तम कार्य कर सकता है। यह बड़ा भारी

पाप है कि मनुष्य अपने-आपको टूटी-फूटी गिरी-पड़ी अवस्था में रखे। ऐसा करने से वह समय की मांग को पूर्ण करने में समर्थ नहीं हो सकता। वह संकट आने पर साहस के साथ उसका सामना नहीं कर सकता।

संसार में ऐसे बहुत-से लोग हैं, जो ऊंचे दर्जे की योग्यता रखते हुए भी जीवन में साधारण कार्य ही करते हैं। इसका कारण है कि वे अपने शरीर तथा मन को सर्वोत्तम दशा में नहीं रखते।

व्यापार-व्यवसाय के प्रत्येक स्थान पर हमें ऐसे लोग देखने को मिलते हैं जो प्रायः आधे जागरित हैं, आधे जीवित हैं। उनके शरीर मृत और विषैले अणुओं से भरे होते हैं। जो दोषपूर्ण जीवन बिताते हैं, दोषपूर्ण विचार रखते हैं, दोषपूर्ण आदतें रखते हैं, वे जीवन में बहुत कम काम कर पाते हैं। कई लोग अधेड़ उम्र हो जाने पर भी जहां के तहां हैं; जहां वे स्कूल व कालेज छोड़ने के बाद थे, वहीं अब भी है। वे कुछ भी उन्नति क्यों नहीं कर सके? उनकी सबसे बड़ी कमी यही है कि वे अपने स्वास्थ्य के प्रति असावधान हैं। वे अपने शरीर की उपेक्षा करते हैं। वे अपनी शक्तियों का अपव्यय करते हैं। वे अनियमित जीवन बताते हैं। वे गंदी आदतें रखते हैं। ये दोष विशेष वृद्धि वाले लोगों की उन्नति में भी बाधक बन जाया करते हैं।

एक लेखक की पुस्तक यदि पाठक को उत्साह नहीं देती, तो प्रकट है कि उस लेखक में उत्साह की कमी थी। एक पादरी या उपदेशक का अपने श्रोताओं पर कुछ प्रभाव नहीं पड़ता। क्यों? कारण यह है कि उसका शरीर सहनशीलता, शक्ति और उत्साह से शून्य है। वह मानसिक रूप से दुर्बल है, क्योंकि उसका शरीर दुर्बल है। एक अध्यापक अपने छात्रों को उत्साह या प्रेरणा नहीं दे पाता, क्योंकि उसके अपने अन्दर जीवन नहीं, उत्साह नहीं, उसका मस्तिष्क और उसकी नस-नाड़ियां थकी हुई हैं। उसका बल क्षीण हो चुका है; कारण यह है कि वह अपने प्रति अच्छा नहीं रहा, उसने स्वयं अपना हित नहीं किया।

जो उत्साहहीन है, वह काम को ठीक तरह से कैसे करेगा? काम करने में

जिसे आनन्द नहीं मिलता, उसकी बनाई वस्तु में सुन्दरता कैसे आ सकती है? लोग अपने व्यापार तथा उद्योग-धन्धे में फिलखर्ची से बचने की शिक्षा लेते हैं? हम स्वयं ही अपने बड़े से बड़े शत्रु हैं। हम शरीर से बड़े काम की आशा करते हैं, पर उसको उन कार्यों को पूर्ण करने योग्य दशा में नहीं रखते। या तो हम अपने शरीर पर आसक्त हो जाते हैं या फिर उसका जरा भी ध्यान नहीं रखते। या तो हम शरीर को खूब हृष्ट-पुष्ट कर लेते हैं, या फिर उसकी बिलकुल उपेक्षा कर देते हैं।

बहुत कम लोग अपने शरीर की, बहुमूल्य सम्पत्ति की तरह, देखभाल और संभाल रखते हैं। गांधीजी ने एक बार विद्यार्थियों से कहा था : "शरीर में भगवान का निवास है। इसको स्वस्थ रखना सबका धर्म है।"

खेद का विषय है कि हम इस बात को भूल जाते हैं। शरीर को बिगड़ने देते हैं। हमारे अन्न को पचाने वाले अंग सारे शरीर को गति की शक्ति प्रदान करते हैं। पर लोग इस संस्थान को भली भांति कार्य करने के लिए अवसर ही नहीं देते हैं। हम मात्रा से अधिक और व्यर्थ खा जाते हैं। पाचक अंगों की बहुत-सी शक्ति उन पदार्थों को हजम करने में ही लगी रहती है। इन व्यर्थ पदार्थों को पचाने में हमारे मेदे, गिर, तिल्ली आदि की इतनी शक्ति खर्च हो जाती है कि शरीर के लिए नितांत आवश्यक पदार्थों को हजम करने की उनमें शक्ति नहीं रह जाती। जब आमाशय या मेदा पूर्ण रूप से थक चुका होता है, तब लोग उसको गरिष्ठ और न पचनेवाले पदार्थों से ऊपर तक भर देते हैं, जिससे पाचन में बाधा पड़ जाती है। इससे शरीर काम करने में असमर्थ हो जाता है। बहुत-से लोग पर्याप्त भोजन नहीं करते और अपने भोजन में विविधता का ध्यान नहीं रखते, यहां तक कि उनके शरीर की मांसपेशियां आधी भूखी रह जाती हैं। इससे शरीर के किसी भाग में एक प्रकार के तत्त्वों की मात्रा अधिक हो जाती है और किसी अन्य भाग में उन तत्त्वों की मात्रा कम हो जाती है। इससे शरीर के अंगों का तालमेल या समन्वय नष्ट हो जाता है। इससे कई बार असाधारण

प्रकार की भूख भी भड़क उठती है, जिससे वह मनुष्य शराब आदि दुर्व्यसनों में फंस जाता है। उस अनोखी भूख को शान्त करने के लिए बहुत-से लोग भयंकर उत्तेजक दवाइयों का प्रयोग आरम्भ कर देते हैं, जबकि शरीर को पौष्टिक भोजन की आवश्यकता होती है।

शरीर में विभिन्न प्रकार के केवल बारह किस्म के तन्तु होते हैं और उनकी आवश्यकताएं बहुत साधारण-सी हैं। शरीर-यंत्र के तन्तुओं की प्राय: सारी आवश्यकताएं दूध तथा अण्डे से पूर्ण हो सकती हैं। भोजन का चुनाव व्यक्ति के काम-धन्धे के अनुकूल होना चाहिए। हमारे शरीर को भी उचित मात्रा में विविध प्रकार के भोजन, प्रचुर जल, स्वच्छ पवन और धूप की आवश्यकता होती है। भोजन उचित मात्रा में करने पर अपच, चिड़चिड़ापन, सिरदर्द आदि विकार नहीं होते। और बातों में हर तरह चतुर, समझदार लोग भी बचत के नाम पर अपने-आपको धोखा देते हैं और उनकी वह कंजूसी अन्त में उन्हें महंगी पड़ती है।

यदि कोई नाई खुंडे उस्तरे लेकर दूकान चलाना चाहे, तो क्या परिणाम हो? एक बढ़ई कुंद आरी-तेशे से लकड़ी का सामान बनाने लगे तो क्या होगा? कोई चित्रकार चित्र या इंजीनियर भवन बनाना चाहता है तो उसके पास अवश्य ही सर्वोत्तम साधन और सामग्री होनी चाहिए, नहीं तो उसका काम बढ़िया नहीं होगा।

जीवन में कार्यकुशलता एक महत्त्वपूर्ण बात है। इसीसे संसार में आपका कुछ मूल्य है। आपकी कार्यकुशलता और आपका समय दोनों आपकी सफलता के लिए पूंजी हैं। आप चाहे और कुछ करें, अपने बल का पोषण अवश्य करें, शक्ति की रक्षा अवश्य करे। जिसके शरीर की शक्ति कायम है, वह उस मनुष्य से अधिक धनी है जिसके पास धन तो काफी है पर जिसने शारीरिक शक्तियों को खो दिया है। जीवन-शक्ति की तुलना में सोना तो कूड़ा है, हीरा धूल है और जमीन तथा मकान तुच्छ वस्तु हैं।

यदि आप अपनी योग्यता का प्रयोग करने की शक्ति नहीं रखते, तो उस योग्यता का लाभ ही क्या है? उन शक्तियों का लाभ ही क्या है जो कायर हैं? मस्तिष्क की शक्ति या प्रतिभा का लाभ ही क्या है, यदि आप शारीरिक रूप में निर्बल हैं? दुर्बल शरीर के सामने जब कोई महान अवसर आएगा, तो आपकी थकी-हारी कार्यशक्ति उसका लाभ नहीं उठा सकेगी। यदि आपने शरीर की शक्ति को व्यर्थ बह जाने दिया है, तो जब कोई महान अवसर आएगा, तब आप कांपते-कांपते, डरते-डरते काम करेंगे। उस समय आपमें आत्म-विश्वास के स्थान पर सन्देह होगा। आपमें अपनी सामर्थ्य की चेतना विद्यमान न होगी। और आप जानते हैं कि जीवन में स्वर्ण अवसर खोने से कितना दुःख होता है? यदि आप अपनी अधिक से अधिक उन्नति करना चाहते हैं, तो अपनी शक्ति को दुर्बल करने वाली सब बातों को छोड़ दीजिए। जो बातें आपको पीछे खींचने वाली हैं, उन सबको त्याग दीजिए।

चिड़चिड़ेपन से, चिन्ता से, असन्तोष से, और दूसरों के दोष देखने से बहुमूल्य शक्ति नष्ट होती है। इनसे मनुष्य निकम्मा और थका-हारा बन जाता है। कुछ लोग अपने घर में पियानो या वीणा को बेसुरा नहीं होने देते। परन्तु वे इस महान वाद्ययन्त्र यानी शरीर के प्रति भारी लापरवाही दिखलाते हैं।

आपके जीवन का महान लक्ष्य यह होना चाहिए कि आप अपनी शक्तियों को उच्चतम स्तर पर रखें। आपको अपनी सामर्थ्य की रक्षा करनी चाहिए, अपने स्वास्थ्य की रक्षा करनी चाहिए, ताकि आप प्रत्येक अवसर को महान अवसर बनाने में समर्थ हो सकें। हमें इस मनुष्य-शरीर रूपी अद्भुत यन्त्र की जितनी सराहना और संभाल करनी चाहिए, उससे आधी भी हम नहीं करते। शरीर ब्रह्म का मन्दिर है, इसके अन्दर जो दिव्यपुरुष विद्यमान है, उसकी हम पहचान नहीं करते।

स्वामी रामतीर्थ ने लिखा है : "मनुष्य स्वयं अपना भाग्यविधाता है। गरीब से गरीब होकर भी मनुष्य अपने को देश का सबसे बड़ा धनी बना सकता है;

जैसाकि कुछ लोगों ने किया भी है। भिखारी भी अपने को लोकमान्य और लोकविख्यात बनाने में सफल हुए हैं। नीची से नीची और घृणित दशाओं में पैदा होने वाले व्यक्ति भी अपने को उन्नति के शिखर पर पहुंचाने में सफल हुए हैं। बस केवल अपने दृढ़ विश्वास की आवश्यकता है।"

दुर्भाग्य की बात है कि हममें से अधिकतर लोग अपने अन्दर ईश्वर को अनुभव नहीं कर पाते। हमें अपनी शक्तियों का ज्ञान ही नहीं होता। हम अपनी दिव्यता को आंख से ओझल कर देते हैं। हम पशु की तरह जीवन व्यतीत करने लगते हैं। अपनी योग्यताओं के अनुसार हम ऊंचा नहीं उठते। हम आप ही अपना हित नहीं करते। मित्रवर! अपना हित कीजिए, अपने लिए आप अच्छे बनिए।

कंजूसी और उससे हानि

एक बैंक का क्लर्क बैंक के काम से जा रहा था। उसके हाथ में एक थैला था, ज़िसमें हजारों रुपये के नोट थे। जाते-जाते उसके हाथ से एक अठन्नी गिर गई और नाली में जा पड़ी। उसने थैला रख दिया और अठन्नी ढूंढ़ने में लग गया। वह अठन्नी को ढूंढ़ने में इतना मग्न हुआ कि उसे पता ही न लगा कि हजारों रुपये का थैला कौन ले गया।

इसे कहते हैं, 'अशर्फियां लुटें, कोयलों पर मुहर।' बहुत-से धनी लोग ऐसी बचत किया करते हैं कि जिसके बदले में उन्हें सौ गुना व्यय करना पड़ता है। बीमार होने पर दवाई के पैसे की बचत करने वाले भी कई मिल जाएंगे। ऐसे लोगों को रोग बढ़ जाने पर फिर कई गुना व्यय करना पड़ता है और शारीरिक... हानि अलग होती है।

कई लोग सीढ़ियों में बत्ती नहीं लगाते, चाहे इससे घुटने टूट जाएं या बच्चे चढ़ते-उतरते गिर पड़ें। बहुत-से लोग छोटी-छोटी वस्तुओं की बचत करते हुए इस सीमा तक पहुंच जाते हैं कि उन्हें ध्यान नहीं रहता कि कितना मूल्यवान समय इस प्रकार गंवा दिया।

वास्तव में धन की बचत करना और बात है तथा कंजूसी और तंगदिली एक अलग बात है। वास्तविक बचत या किफायतशारी का अर्थ है, अपने पास विद्यमान धन का उचित ढंग से उपयोग। इसके लिए अपने खर्च की हरएक मद पर सही ढंग से विचार करना आवश्यक होता है। 'चमड़ी चली जाए पर दमड़ी

न जाए' यह कोई बुद्धिमत्ता की बात नहीं। चवन्नी को बचाने के लिए पांच रुपये का समय गंवाना उचित नहीं है।

बचत के बारे में बहुत ही कम लोगों का दृष्टिकोण स्वस्थ होता है। बचत के असली अर्थ को जाननेवाले बहुत ही कम लोग हैं।

मैं एक नवयुवक को जानता हूं, जिसने उन्नति के अनेक अवसर खो दिए। व्यापार में वह असफल रहा, क्योंकि वह कपड़ों के बारे में अनुचित बचत करता रहा। उसका यह विश्वास रहा कि कपड़े पुराने पहनने चाहिए, जब तक कि वे पूरी तरह फटकर जवाब न दे दें। उसने दुकान पर आए ग्राहक की कभी चाय, लैमन या सादे पानी से भी सेवा नहीं की। साथियों के साथ कहीं जाने पर उसने अपने बटुए को कभी हवा लगाने तक का प्रयत्न नहीं किया। यहां तक कि दूकान की सजावट पर व्यय करने को भी वह अपव्यय ही समझता रहा। परिणाम यह हुआ कि लोग उससे व्यवहार और व्यापार करने से भी कतराने लगे और धीरे-धीरे उसका काम ठप्प हो गया। बचत उसे बड़ी महंगी पड़ी।

बहुत-से लोग बचत के पीछे पागल हो अपने स्वास्थ्य को खो बैठते हैं। यदि आपके मन में अपने काम को सबसे उत्तम रूप में करने की आकांक्षा या चाह है, तो इस प्रकार की बचत से दूर रहिए, जो आपको बाद में महंगी पड़े।

ऊंची आकांक्षा रखने वाला कोई भी व्यक्ति गलत ढंग की बचत के फेर में नहीं पड़ता। अपने मस्तिष्क और शरीर को भूखा रखकर कोई भी व्यक्ति ऊंचा नहीं उठ सकता। इस प्रकार की बचत वैसी ही मूर्खता होगी, जैसे कोई कारखानेदार कोयला महंगा देखकर बचत के लिए लकड़ी का बुरादा जलाने लगे और इस प्रकार अपने माल को मिट्टी कर डाले या मशीनरी को खराब कर डाले। चाहे आप कुछ भी करें, चाहे कितने भी तंग क्यों न हों, अपने भोजन में थोथी बचत की चेष्टा न करें। तनिक सूझ-बूझ और उद्यम से आप सस्ती, परन्तु शरीर को पुष्टि और बल देने वाली वस्तुएं खरीदकर ला सकते हैं जो कम दाम में आती हो, परन्तु शरीर का सही पोषण करती हो। शरीर की शक्ति को कायम

रखना आपका प्रथम कर्तव्य है, क्योंकि वही आपकी सब प्रकार की उन्नति का आधार है। आपके शरीर को गति के लिए, हलचल के लिए शक्ति की आवश्यकता है। आपके मस्तिष्क को सोचने के लिए, विचार करने के लिए बल की आवश्यकता है। यदि आपका शरीर और आपका मस्तिष्क सबल रहे, तो आप अधिक कमा सकेंगे। इनके निर्बल होने पर आप काम क्या करेंगे? बचत के नाम पर अपने शरीर और मस्तिष्क को आधा भूखा या निर्बल रखना अपने आपको धोखा देना है। जो व्यक्ति अपने जीवन में सर्वोत्तम कार्य करना चाहता है, उसे ऐसी बचत से दूर रहना चाहिए जो शरीर और मस्तिष्क को दुर्बल और निकम्मा बनाती हो।

जो किसान अपने खेत से अच्छी से अच्छी उपज प्राप्त करना चाहता है, वह सदा बोने के लिए अच्छे से अच्छा बीज चुनता हैं। वह अपनी बहुमूल्य धरती को रद्दी बीजों द्वारा खराब नहीं करता; वह अपनी जमीन की बदनामी करवाना पसन्द नहीं करता। जो मनुष्य अपने शरीर और मस्तिष्क से उत्तम काम लेना चाहता है, वह घटिया, बासी और पौष्टिक तत्त्वों से रहित भोजन को पसन्द नहीं करता।

अपने प्रति अच्छा होना सबसे बड़ी बचत है। कभी भी और किसी प्रकार की परिस्थितियों में भी अपने शरीर और मस्तिष्क को धोखा देने वाली बचत न करनी चाहिए। इसमें कोई सन्देह नहीं कि अनुचित प्रकार के भोजन से ही अधिकांश लोगों की कार्य शक्ति कई प्रतिशत कम हो जाती है। मान लीजिए, भोजन में आपने चार आने बचाए, और शरीर की कार्यशक्ति को आपने पचीस प्रतिशत कम कर डाला, तो आपने क्या बचत की?

कार्य में तथा खेल में आप अपनी कम से कम शक्ति को व्यय करें। इसका तात्पर्य यह नहीं कि आप पूरे उत्साह या जोश से काम और खेल में न लगें। इसका अर्थ इतना ही है कि आप व्यर्थ में अपव्यय से बचें। अब आपको रेल द्वारा कहीं जाना है और सोने के लिए आपकों सीट मिल सकती है, तो आप

उसको 'बुक' करा लें; क्योंकि यदि रात को आपके शरीर ने विश्राम कर लिया है, तो दूसरे दिन वह पूरे उत्साह और जोश से कार्य कर सकेगा। और यदि आपने जागते हुए या स्थान न मिलने के कारण खड़े-खड़े ही रात काटी है, तो दूसरे दिन आप काम क्या करेंगे? यात्रा में आपको अपने भोजन का और भी अधिक ध्यान रखना चाहिए। आपका भोजन ठीक हो, समय पर हो और नियमित रूप से हो। क्योंकि तनिक-सी असावधानी या उपेक्षा से, हो सकता है कि आपका शरीर शिथिल हो जाए और जिस काम के लिए आप सफर कर रहे हैं उस काम को ही आप पूरा न कर सकें।

कंजूस-मक्खीचूस व्यक्ति के विचार छोटे और हीन हो जाते हैं। उसके प्रयत्नों में उत्साह नहीं होता; उसमें साहस नहीं होता; उसमें मधुरता नहीं होती; क्योंकि वह सही भोजन नहीं करता। बासी, सड़ा-गला खाना खाने के बाद विचार भी बासी और सड़े-गले ही होते हैं। उदार व्यक्ति यदि समझदारी के साथ काम करे तो उतने ही खर्च में वह दूनी सुख-सुविधा प्राप्त कर सकता है, क्योंकि जब वह परदेश में जाकर उत्साह से भरा रहता है, स्वस्थ रहा है, तो उसके दिमाग में नई-नई बातें सूझती हैं। नये-नये ढंग के काम करके वह पर्याप्त धन कमा लेता है। ध्यान रहे कि अपव्यय और उदारहृदयता में बड़ा अन्तर है। फिजूलखर्ची कोई अच्छी बात नहीं, परन्तु मक्खीचूस होना और भी बुरी बात है।

कोई भी व्यक्ति यदि अपनी सर्वोत्तम अवस्था में नहीं है, तो वह अपने कार्य को भी सर्वोत्तम रूप सें नहीं कर सकता। स्वस्थ शरीर और निर्मल मस्तिष्क हमारी सबसे बड़ी पूंजी है। इन्हें खो दिया तो कमाई क्या करेंगे?

ऊँची से ऊंची आकांक्षा का उद्देश्य है शक्ति। जिस वस्तु से मनुष्य की अपनी शक्ति बढ़ती है, जिससे उसके शरीर या मन की सामर्थ्य बढ़ती है, जिससे संसार में उसका मूल्य बढ़ता है, वह वस्तु मनुष्य को अवश्य ग्रहण करनी चाहिए।

जिन वस्तुओं से आपकी कमाने की, उन्नति करने की और सफल होने की शक्ति बढ़ती है, उन वस्तुओं पर उदारता से खर्च कीजिए। जो वस्तुएं आपको विशाल बनाती हैं, आपकी योग्यता को अधिक बढ़ाती हैं, उन पर उदारता से व्यय कीजिए।

कम रोशनी में काम करके आंखों की रोशनी खो देना कोई अच्छी बात नहीं। आंखों में कष्ट होने पर डाक्टर को न दिखलाना बचत नहीं। जूते खरीदते समय ध्यान रखिए कि कहीं थोड़ी-सी बचत करके आप ऐसा जूता तो नहीं खरीद रहे जो आपके पैर को काटकर आपको कई दिन तक घर से बाहर जाने के योग्य भी न छोड़े! बहुत-से लोग बचत के नाम पर किसी इलाज को दिनों और महीनों तक टाल देते हैं। बाद में उन्हें भारी इलाज के लिए या आपरेशन के लिए महंगे से महंगे डाक्टर की शरण लेनी पड़ती है। जीवन में सिद्धान्त बना लीजिए कि जो बात आपकी उन्नति में बाधा पहुंचा रही है, उसे दूर करने में कभी देर न कीजिए, उसमें कंजूसी मत कीजिए। हमें बहुत कम ज्ञान है कि जरा-सी कंजूसी या असावधानी बाद में हमारा बड़ा भारी नुकसान करती है। फिर हमें भारी शक्ति व्यय करनी पड़ती है और पैसा भी बहुत खर्च करना पड़ता है।

बहुत से लोग अपना बहुमूल्य समय इस बात में ही व्यय कर देते हैं कि सौदा खरीदते हुए बचत कैसे हो। वे दूकान-दूकान घूमते-फिरते हैं चाहे दो घण्टे खर्च कर दें, पर ऐसी दूकान ढूंढकर ही रहेंगे जहां दो आने की किफायत हो। वे पुराने कपड़े खरीदने उचित समझते हैं, क्योंकि उस समय उनके पैसे की बचत होती है, चाहे पुराने कपड़े महीने-भर बाद ही फट जाएं।

कुछ सौदेबाज केवल इसलिए चीजें खरीद लेते हैं कि वे सस्ती हैं; फिर भले ही उन चीजों की उनको आवश्यकता न हो। तब वे आपके सामने अपनी बड़ाई करेंगे कि उन्होंने कैसा बढ़िया सौदा किया। वे कबाड़ से अपने घर को भर लेंगे। प्रत्यक्ष है कि उनके मस्तिष्क में भी विचारों का कबाड़ भी भरा होता है। यदि वर्ष के बाद वे हिसाब लगाकर देखें, तो उन्हें पता लग जाएगा कि

कबाड़ के उन सौदों से लाभ नहीं बल्कि हानि ही हुई। यदि केवल उन पदार्थों को खरीदते जिनकी उन्हें वास्तव में आवश्यकता थी, तो वे लाभ में रहते।

कई लोगों को नीलामी का माल खरीदने का बड़ा शौक होता है। वे नीलामी की मोटर खरीद लेंगें, चाहे वह तीन महीने चलकर ही बस हो जाए; फिर चाहे उस मोटर को धक्का लगाकर ही चलाना पड़े। इस प्रकार के लोग ऐसा फर्नीचर खरीद लेंगे जो सस्ता हो, भले ही उससे उनके घर की शोभा बढ़ने की बजाय घट जाए। वे पुरानी 'सेकण्डहैण्ड' मशीनें खरीद लेंगे, भले ही उनकी मरम्मत पर दुगुना समय और पैसा खर्च हो जाए। ऐसे लोग कभी पहले दर्जे का माल नहीं बना सकते; और कमाई तो दूर रही, पल्ले से कुछ गंवाते ही हैं। जो वस्तु या मशीन आपके निरन्तर प्रयोग में आनी है, उसे खरीदते हुए यह ध्यान रखिए कि वह बढ़िया किस्म की हो और देर तक चलनेवाली हो।

एक बार एक महिला ने जमीन पर पड़ा हुआ एक आना उठा लिया। उसे एक आने का लाभ हुआ, परन्तु उसकी साड़ी मैली हो गयी और उसपर उसे एक रुपया व्यय करना पड़ा। हममें से बहुत-से लोग इसी तरह की बचत किया करते हैं।

ऐसी बहुत-सी महिलाएं हैं जो एक नया पैसा भी यों ही फेंकने को कभी तैयार नहीं हो सकतीं। यह एक अच्छी बात है। पर वे रुपये आठ आने का खाना कूड़े पर यों ही नित्य फेंक देंगी। अनेकों बासी रोटियों को रोज यों ही फेंक देंगी; इसका उन्हें कभी विचार नहीं होगा। यह आश्चर्य की बात है कि बहुत-से कंजूस लोग नगद पैसे की तो बड़ी कद्र करते हैं, परन्तु पैसों से खरीदे गए पदार्थों को वे निर्दयता से नष्ट कर देते हैं। विशेषतया उनके घर में खाने-पीने का सामान बहुत-सा यों ही व्यर्थ फेंक दिया जाता है। उनकी बहुत-सी कमाई चौके-चूल्हे में ही उड़ जाती है।

कंजूसी अच्छी नहीं है और न ही फिजूलखर्ची अच्छी है, दोनों के बीच का मार्ग ही उत्तम है। ठीक तरह से प्रतिदिन काम न करना बुरी बात है; परन्तु कभी

भी छुट्टी न मानना भी झूठी बचत है। जुए, शराब, सिनेमा और मनोरंजन में ही सारी कमाई लुटा देना बुरी बात है; परन्तु मनोरंजन पर कभी भी कुछ न खर्च करना मनहूस बनना है। किफायत का अर्थ कमीनापन नहीं है। सच्ची बचत का मूलमन्त्र यह है कि अपनी आय सदा ही व्यय से अधिक होनी चाहिए। बहुत-से लोग अपने सबसे उत्तम काम को पूर्ण करने में असफल रहते हैं। इसका कारण यह होता है कि वे खर्च करते समय वस्तुओं को ठीक और उचित महत्त्व नहीं देते, वे व्यर्थ की वस्तुओं में इतना व्यय कर देते हैं कि उनके काम में सहायक बननेवाली महत्त्वपूर्ण वस्तुओं के लिए उनके पास पैसा ही नहीं बचता। अपने लक्ष्य पर दृष्टि स्थिर न रखने से ऐसा ही होता है। इस प्रकार के लोग उत्तम अवसर पर भी उन्नति नहीं कर पाते।

इससे बड़ा भ्रम नहीं है कि सस्तेपन से जरूर बचत होती हैं। हमें कुछ ऐसे दूसरे लोगों का पता है जो भवन बनवाते हुए सस्ते ठेकेदार की तलाश में रहे और अन्त में उन्होंने सबसे सस्ते ठेकेदार को मकान बनाने का ठेका दे दिया। कुछ महीने बाद ही मकान में दरारें पड़ी हुई थीं। सस्तेपन के पीछे दौड़ने की अपेक्षा यदि विश्वासपात्र ठेकेदार के हाथ में काम सौंपा जाता, यदि ठीक तरह से व्यय का अनुमान लगाकर और माल की जांच-परख करके भवन बनवाया जाता, तो बुरा परिणाम क्यों निकलता?

एक व्यापारी जब यह समझता है कि सस्ते मजदूर या सस्ता घटिया माल लगाकर वह बचत कर लेगा, तो भारी भ्रम में है। कहावत है कि सस्ता रोए बार-बार, महंगा रोए एक बार। जो व्यक्ति घटिया तरीकों से बढ़िया परिणाम पैदा करना चाहता है, वह आत्मवंचना करता है। जो घटिया माल लगाकर बढ़िया सामान बनाना चाहता है वह अपने-आपको ही धोखा देता है। जब आप रद्दी माल बनाकर बेचना चाहते हैं, तब आप अपने-आपको धोखा देते हैं; क्योंकि उस माल के सबसे पहले खरीददार या ग्राहक आप ही हैं।

घटिया रसोइये और तीसरे दर्जे के बैरे रखने के कारण ही कई होटल बन्द

हो गए। बहुत-से होटल बढ़िया माल लगाकर, उत्तम रसोइये रखकर, प्रशिक्षित बैरे रखकर, कहां के कहां पहुंच गए।

कुछ लोग पैसे और आनों से ऊपर कभी नहीं जाते। वे पैसे और आने बचाने में ही लगे रहते हैं, चाहे रुपये यों ही चले जाए या उनका वह बहुमूल्य समय यों ही चला जाए, जिसमें वे कमा सकते थे। व्यर्थ की निकम्मी कंजूसी और बचत की चिन्ता छोड़कर अधिक कमाने की ओर ध्यान दीजिए। तभी आपका विकास हो सकता है। तुच्छ बातों में ही आप लगे रहेंगे, तो तुच्छ ही बने रह जाएंगे।

जो मनुष्य अपना काम सबसे उत्तम रूप में करना चाहता है, उसे अपने मानसिक और शारीरिक स्तर को अवश्य ही सबसे उत्तम रखना होगा। उसे अपना मस्तिष्क स्पष्ट और साफ रखना पड़ेगा। उसे अपना मस्तिष्क सन्तुलित रखना होगा, तभी वह उत्साहपूर्वक अपनी उन्नति के उपाय सोच सकेगा। यदि उसकी धमनियों में साफ रक्त नहीं बह रहा, तो वह साफ तौर पर किसी कार्य के बारे में नहीं सोच सकेगा। स्वच्छ का अर्थ महंगा भोजन कदापि नहीं। मस्तिष्क की कार्यशक्ति को ठीक रखने के लिए मनुष्य को फिर से तरोताजा करने वाली निद्रा और प्रसन्नता देनेवाले मनोरंजन की भी नितान्त आवश्यकता है।

अच्छे भोजन, ठीक नींद और प्रसन्नता देनेवाले मनोरंजन से मनुष्य में डटकर काम करने की और कठिनाई को झेलने की सामर्थ्य पैदा होती है। उच्चतम महत्त्वाकांक्षा का उद्देश्य शक्ति है, अर्थात् मनुष्य ऊंची से ऊंची उन्नति इसलिए करना चाहता है कि उसे शक्ति प्राप्त हो। वह शक्ति अपने शरीर तथा मस्तिष्क को सशक्त रखने से ही प्राप्त होती है। हम मानते हैं कि पैसे के अभाव से कई बार उत्तम भोजन खरीदने की मनुष्य में शक्ति नहीं होती, परन्तु थोड़े पैसों में भी यदि तनिक उद्यम और विवेक से काम लें तो पोषक भोजन खरीदा जा सकता है। पैसा होने पर भी जो घटिया, रद्दी और पुष्टिकारक तत्त्वों से रहित भोजन

खरीदने में बचत समझते है, उन्हें क्या कहा जाए? जिस वस्तु से मनुष्य की शक्ति बढ़ती है, उसपर चाहे कितना ही खर्च हो जाए, परवाह न करनी चाहिए, परन्तु इस बात का ध्यान अवश्य रखना चाहिए कि वह अपनी जेब की शक्ति से बाहर न हो जाए।

जो वस्तु हमारे उद्देश्य के मार्ग पर हमें आगे बढ़ाती है, उस-पर उदारतापूर्वक व्यय किया जाना चाहिए। जिन वस्तुओं से या कार्यों से हमारा दूसरों पर अच्छा प्रभाव पड़ता है, वे वस्तुएं हमें अवश्य ही खरीदनी चाहिए और वे कार्य हमें अवश्य ही करने चाहिए।

जो व्यक्ति जीवनक्षेत्र में उतरनेवाले हैं, उन्हें उचित वस्तु को उचित महत्त्व देने का ढंग अवश्य आना चाहिए। उस समय दृष्टिकोण बड़ा विशाल होना चाहिए, नहीं तो जीवन का भविष्य बिगड़ जाता है।

आज के संसार में व्यक्ति के आकार-प्रकार, वेश आदि का बड़ा असर पड़ता है। केवल योग्यता ही उन्नति का कारण नहीं। प्रथम दर्शन का दूसरों पर जो प्रभाव पड़ता है, व्यक्ति की उन्नति में उसका बड़ा हाथ रहता है। विशेषतया बड़े नगरों में मनुष्य की वेशभूषा का बड़ा महत्त्व है। कहावत भी है : "गहनों से टँटा-साहूकार, कपड़ों से टूटा-बेकार।"

गांवों में और छोटे कस्बों में लोग प्रायः एक-दूसरे की आर्थिक स्थिति और योग्यता से परिचित होते हैं। परन्तु बड़े नगरों में जिसके पास उत्तम तथा साफ-सुथरे कपड़े नहीं, उसे तो लोग बस में भी साथ बिठाने को तैयार नहीं होते, नौकरी मिलने की तो बात ही क्या!

आज लाखों लोग निर्धन हैं, सहस्त्रों लोग मध्यमवर्ग में जैसे-तैसे गुजारा करते हैं। बहुत ही कम लोग ऐसे हैं जो अच्छी दशा में हैं, और वे ऐसे ही लोग हैं जो वस्त्रों का ठीक महत्त्व समझते हैं। जो जानते हैं कि अच्छे, साफ-सुथरे कपड़े और साफ-सुथरा घर मनुष्य की उन्नति का मूल है, वे अवश्य उन्नति करते हैं।

यदि आपका शरीर स्वस्थ है, दृढ़ है, तो आप कठिन से कठिन काम का

बोझ भी उठा सकेंगे, नहीं तो आपका शरीर बुढ़ापे से पहले ही बूढ़ा हो जाएगा और आपके धन कमाने के वर्ष कम हो जाएंगे।

जो व्यक्ति अपने जीवन में सर्वोत्तम काम को सर्वोत्तम रीति से पूर्ण करना चाहता है, उसे अपने शरीर को उत्तम से उत्तम स्थिति में अवश्य ही रखना होगा। जीवन को तुच्छ, क्षुद्र और हीन मत मानिए। अपने शरीर की संभाल करने का यदि आपको मन्त्र दिया जाता है, तो इसलिए नहीं कि आप स्वार्थी बन जाएं। यह मन्त्र इसलिए दिया जाता है कि यदि आपका शरीर स्वस्थ है, दृढ़ है, समर्थ है, तो आप किसी दूसरे के कष्ट में काम आ सकेंगे, अन्यथा आप ही दूसरों पर बोझ बन जाएंगे।

जो व्यक्ति वस्त्रों पर, यात्रा पर, उत्तम पुस्तकों तथा पत्रिकाओं पर व्यय नहीं करता, आज के युग में उसको कोई भी नहीं चाहता। थोड़ी-सी बचत के लिए अपनी बड़ी हानि करनेवाले व्यक्ति आपको हर जगह मिलेंगे।

जब विचार उदार हो जाएं, भावनाएं ऊंची हो जाएं, आकांक्षाएं महान हो जाएं, तब मनुष्य के सभी लोग संगी-साथी, मित्र और सहायक बनने लगते हैं। तब उसके अपने हित के साथ औरों का हित अपने-आप होने लगता है। मक्खीचूसों का जमाना गया। आज तो उदार व्यक्ति का ही सब जगह स्वागत होता है; उदार का ही सम्मान होता है। आज बड़ी महान योजनाएं बनाई जाती हैं, बड़े-बड़े काम किए जाते हैं। विशाल दृष्टिकोण वाले की ही आज प्रतिष्ठा है। जो जी खोलकर बीज डालता है, उसके खेत में उपज भी जी खोलकर होती है।

आपकी शक्ति कहां जाती है?

एक टन कोयले से जो प्रकाश और शक्ति प्राप्त होती है, उसका 99 प्रतिशत भाग बिजली के बल्ब तक पहुंचते-पहुंचते नष्ट हो जाता है। दूसरे शब्दों में, एक टन कोयले से उत्पन्न हुए प्रकाश के 99 भाग विद्युत-बल्ब तक पहुंचने से पूर्व नष्ट हो जाते हैं, केवल एक भाग बल्ब तक पहुंचकर प्रकाश के रूप में प्रकट होता है। आज के वैज्ञानिकों के सामने यह भी एक बड़ी समस्या है कि उन 99 भागों को नष्ट होने से किस प्रकार बचाया जाए।

ठीक इसी प्रकार मनुष्य की शक्ति का 99 प्रतिशत भाग व्यर्थ चला जाता है। उसके कार्यों और प्रयत्नों के 99 प्रतिशत भाग के ऐसे परिणाम होते हैं जिनका कुछ भी मूल्य नहीं होता। उसकी शक्तियों का केवल एक प्रतिशत ही ऐसे कार्यों में लग पाता है जिसका वास्तव में उसके जीवन में मूल्य होता है।

जिस समय एक नवयुवक जीवन के कार्यक्षेत्र में उतरता है, उस समय उसके पास बल का विशाल भंडार होता है। उस समय उसके पास शक्ति का एक विराट संग्रह होता है। उसके मस्तिष्क में, उसकी नस-नाड़ियों में और उसकी मांस-पेशियों में उस समय बड़ी शक्ति होती है। उस समय उस नवयुवक को यह अनुभव होता है कि मानो उसके अन्दर शक्तियों का अखण्ड स्रोत है। उस समय वह अपने भीतर ऐसी पूर्णता का अनुभव करता है जो कभी कुचली नहीं जा सकती। उस समय उस नवयुवक को विश्वास होता है कि वह अपनी उन

शक्तियों से आश्चर्यजनक कार्य करेगा। उसे विश्वास होता है कि अपनी सम्पूर्ण शक्ति को वह प्रकाश में बदल डालेगा, सफलता में परिणत कर देगा। अपने यौवन और शक्ति के अभिमान में वह सोचने लगता है कि उसकी शक्ति की कोई सीमा नहीं है। बस, इस अभिमान से वह अपनी शक्तियों को हर तरफ यों ही फेंकने लगता है और उस समय एक अपव्ययी की तरह वह अपनी शक्तियों को उच्छृंखलता से लुटा देता है। बह अपनी शक्ति को कभी एक सिगरेट में जला देता है या शराब के एक प्यालें में बहा देता है। अपने पेट को वह भारी बोझिल मिठाइयों से दबा देता है। उस समय वह देर से सोने में शान समझता है। वह दोषपूर्ण जीवन व्यतीत करने में अपनी सामर्थ्य मानता है। वह, आलस्य में पड़े रहना, अपने को रईस होने की निशानी समझता है। एक स्थान पर स्थिरता से काम करने में वह अपनी मानहानि समझता है। वह आवारा घूमने में फैशन और चतुराई मानता है। अन्त में जब उसको धक्का लगता है तब वह अपने मन से ही पूछता है, 'वह बिजली का प्रकाश कहां है, जिसे मैं अपनी सम्पूर्ण शक्तियों से पैदा करना चाहता था? आज तो यह धुंधली-सी रोशनी है, जो मेरी उन असीम शक्तियों से पैदा हो सकी है। यह मन्द प्रकाश तो मेरे ही जीवन-मार्ग को प्रकाशित करने के लिए काफी नहीं है।' इस प्रकार आरम्भ में जिसे विश्वास था कि वह संसार में चकाचौंध करने वाले प्रकाश को पैदा करेगा, आज वह अपने लिए भी दूसरों से प्रकाश मांगता फिरता है। उसकी सारी शक्तियां मार्ग में ही खत्म हो गई। हम अपनी शक्तियों को कार्य में वृथा उड़ा देते हैं। यदि एक नवयुवक अपने पिता के दस हजार रुपये एक रात में खर्च कर डाले तो सब लोग कहेंगे कि यह एक बड़ी भंयकर बात है। परन्तु क्या यह भयंकर बात नहीं कि एक नवयुवक अपनी हजारों दिनों की एकत्र की हुई शक्ति को व्यर्थ खर्च कर डाले? जिन शक्तियों को काम में लाने से शारीरिक और मानसिक कार्यों में सफलता प्राप्त हो सकती थी, उनको तो उस नादान युवक ने यों ही लुटा दिया। इस हानि की तुलना में रुपये-पैसे की हानि क्या महत्त्व रखती है!

जीवन-शक्ति की तुलना में हजारों रुपये क्या चीज हैं? खोया या उड़ाया हुआ धन तो शायद फिर मिल जाए, परन्तु खोया स्वास्थ्य और बिगड़ा हुआ चरित्र फिर कभी नहीं मिल सकता।

मनुष्य केवल चरित्रहीनता के कारण ही अपनी शक्तियों का नाश नहीं करता। शक्तियें के अपव्यय के और भी कई रास्ते हैं। अमेरिका में एक बार छ: दिन की साइकिल-दौड़ हुई थी। इसमें जिन युवकों ने भाग लिया था, वे बड़े उत्साही थे। उनके शरीर स्वस्थ और सुदृढ़ थे। परन्तु जब साइकिल-दौड़ समाप्त हुई, तो उन युवकों में से कुछ तो बेदम होकर धरती पर गिर पड़े; जो नहीं गिरे उनकी भी सांस इतनी फूली हुई थी और शक्ति इस प्रकार नष्ट हो चुकी थी कि उन्हें उनकी साइकिलों से उठाकर स्ट्रेचरों पर लिटाना पड़ा। इस प्रकार की अति से मनुष्य की शारीरिक शक्ति सदा के लिए समाप्त हो जाती है। जब आप व्यायाम करते हैं तो आपके मस्तिष्क के कुछ अणु पुराने होकर फूट-फूटकर झड़ जाते हैं। उन अणुओं को शिराएं पुनः शुद्ध और सजीव करने के लिए हृदय में लाती हैं। जब आप आवश्यकता तथा शक्ति से अधिक व्यायाम करने लग जाते हैं, तब आपकी शिराएं काम अत्यधिक होने के कारण उन अणुओं को मस्तिष्क से हटाने में असमर्थ हो जाती हैं। उनसे मस्तिष्क विषैले अंश से भर जाते है। शरीर के दुसरे अंगों की भी यही दशा होती है।

सन्तुलन और संयम से आप अपनी शक्तियों की रक्षा कर सकते हैं। एक प्रसिद्ध डाक्टर का कथन है कि मनुष्य प्रायः हर-एक काम में आवश्यकता से दस गुना अधिक शक्ति लगाता है। कुछ ही मनुष्य इसका अपवाद होते हैं। बहुत-से मनुष्य कलम को मुगदर की तरह और पेन को तलवार की तरह उठाते हैं। लिखते हुए उनकी बांह की मांस-पेशियां अकड़ी हुई रहती हैं। वे अपना हस्ताक्षर भी करेंगे तो अपनी बांह पर इतना बोझ डालेंगे, जैसे कोई खिलाड़ी लोहे का गोला फेंक रहा हो।

पूर्ण विश्राम से ही मनुष्य अपनी खोई हुई शक्तियों को दोबारा प्राप्त करता

है। इससे उसके घाव भरते हैं। इसीसे उसकी क्षय हुई शक्तियों का दोबारा संचय होता है। परन्तु कई लोग उचित समय पर विश्राम न करने में ही वीरता मानते हैं। जो लोग खेलों में, काम में, व्यापार में या और किसी तरह अपने शरीर या मन को अतिशय थका देते हैं, वे अपने साथ शत्रुता करते हैं। उनसे बढ़कर वे अपने साथ शत्रुता करते हैं जो अत्यधिक थक जाने पर भी विश्राम न करने पर अपनी शक्ति का दिखावा करते हैं। धन के अपव्यय की अपेक्षा शरीर तथा मन की शक्तियों का अपव्यय ज्यादा हानिकारक होता है।

मनुष्य छोटे-छोटे व्यर्थ के अनेकों ही कामों में अपनी जरा-जरा शक्ति फेंकता है और गंवाता चला जाता है। अन्त में एक दिन वह देखता है कि उसकी शक्तियों का भण्डार खाली हो चुका है। छोटे-छोटे क्रोध के दौर में, वचन से आग उगलने में, शिकायतों में, दूसरों के दोष देखने में या छोटे-छोटे व्यर्थ के कार्यों में या चेष्टाओं में मनुष्य अपनी बहुमूल्य शक्ति को गंवा देता है। अन्त में वह देखता है कि उसकी नस-नाड़ियां थक चुकी हैं, वह चिड़चिड़ा हो गया है, उसका शरीर बेकार हो चुका है, वह जीवन से ऊब गया है। यदि कहीं उसने अपनी शक्तियों को विवेक से काम में लगाया होता, यदि उन्हें सोच- समझकर प्रयुक्त किया होता तो उसकी यह दशा न होती।

अपनी शारीरिक तथा मानसिक शक्तियों के भण्डार को यथा-शक्ति सुरक्षित रखिए। उन्हें केवल आवश्यक कार्यों में नियोजित कीजिए और अपने उद्देश्य में लगाइए।

बहुत-सी महिलाएं अच्छे कार्यों और निकम्मे कार्यों में पहचान नहीं कर पातीं। वे दिन-भर अपने शरीर को कार्यों से इस तरह थका डालती हैं कि रात होते ही उन्हें पता लगने लगता है कि उनकी शक्तियों का भण्डार समाप्त हो गया है। ऐसी महिलाएं 30-35 साल की आयु तक पहुंचते ही बूढ़ी-सी लगने लगती हैं।

गीता में कहा है: "मनुष्य को कर्म, अकर्म तथा विकर्म का अवश्य ही बोध

होना चाहिए।" केवल चरित्रहीनता के कारण ही मनुष्य की शक्तियों का नाश नहीं होता। अज्ञान से, अनाड़ीपन से और लापरवाही से भी शक्तियों का नाश हो जाता है। शक्तियों की बहुत-सी मात्रा तब क्षय हो जाती है जब मनुष्य किसी रीति, क्रम या नियम के बिना काम करता है। तब भी शक्तियों का नाश होता है जब मनुष्य को आरम्भ में ही अपने लक्ष्य का पता न हो। पहले ही से बहुत-से लोग व्यर्थ की चिन्ता और सोच-विचार में अपनी शक्तियों को नष्टकर डालते हैं। जब हम किसी काम के बारे में चिन्ता करते हैं, तब हम उस काम को वास्तव में करने से पहले ही मानसिक रूप से बार-बार करते हैं। इससे हमारा मस्तिष्क थक जाता है। फिर जब हम असल में काम करने लगते हैं, तब हमारे मस्तिष्क में काम करने की शक्ति ही बाकी नहीं होती। उस समय हमारी दशा उस आग बुझाने वाले इंजन जैसी होती है जो आग बुझाने से पहले ही मार्ग में सारा पेट्रोल फूंक आया हो और आग के स्थान पर पहुंचकर ठण्डा हो गया हो।

हममें से बहुत-से लोग बहुत-से काम करने की चाह में अपने जीवन को प्रभावशून्य और शक्तिहीन बना डालते हैं। यदि हम किसी एक लक्ष्य पर अपनी शक्तियों को केन्द्रित करना चाहते हैं, तो हमें अन्य वस्तुओं से उन्हें हटाना पड़ेगा। यदि हम अपनी शक्तियों को अनेक कार्यों में थोड़ा-बहुत बांट देंगे, तो हमारे पास सबसे मुख्य काम के लिए थोड़ी ही शक्ति बाकी रह जाएगी।

बहुत-से लोग बड़े उत्साह और निश्चय से काम का कार्यक्रम बनाते हैं, परन्तु उसको अमल या प्रयोग में नहीं लाते। वे लोग यह नहीं जानते कि वे इस प्रकार से अपनी शक्तियों का कितना अपव्यय करते हैं। वे नहीं जानते कि दिन के सपनों में और हवाई किले बनाने में वे अपनी कितनी ताकत गंवा देते हैं।

अपनी शक्तियों को चूसनेवाली बातों से बचें। ऐसे कामों और चेष्टाओं से बचें जिनसे आपका बल नष्ट होता है। यदि आप कोई गलत कदम उठा चुके हैं, कोई भूल कर चुके हैं, तो अपना कदम वापस ले लीजिए। पछतावे में अपना रक्त मत सुखाइए। जब किसी काम को पूर्ण करने में आपने कुछ उठा नहीं रखा

और वह फिर भी नहीं हुआ, तब उसकी चिन्ता छोड़ दीजिए। सदा के लिए उससे पछतावे का रोग लगाने की आवश्यकता नहीं। कहावत है : "बीती तहि बिसार दे, आगे की सुधि लेय।"

जीवन के प्रत्येक क्षेत्र में हम ऐसे नवयुवकों तथा नवयुवतियों को देखते हैं जो अपनी शक्तियों को खो चुके हैं। वे अपने काम को पूरे बल, उत्साह, उमंग और साहस से पूरा करने में असमर्थ हैं। वे अपने काम के मार्ग में आने वाली बाधाओं को दूर करने, समस्याओं को सुलझाने की शक्ति नहीं रखते। वे अपने काम पर सारे दिन जम्हाइयां लेते, ऊंघते, उबासियां लेतें मिलेंगे। उनमें तनिक भी उत्साह, साहस, ताजगी और तरंग नहीं मिलेगी। इसका कारण यह है कि वे सैकड़ों मूर्खतापूर्ण तरीकों से अपनी शक्तियों को बिखेरते रहे हैं। काम के समय उनके पास वह शक्ति बाकी नहीं बची।

जिस समय काम करने वाले में शक्ति न हो, तो उसके काम में भी जान नहीं पड़ सकती। कर्ता में यदि प्राणों का आवेग नहीं, तो उसकी कृति में भी प्राणों का संचार नहीं हो सकता। एक लेखक, वक्ता, उपदेशक या अध्यापक अपने काम में सफल नहीं हो सकता, यदि उसमें शारीरिक एवं मानसिक शक्ति, बल, क्षमता और सामर्थ्य सुरक्षित न हो। दुर्बल व्यक्ति की रचना भी दुर्बल ही होगी।

अब आप विचार कीजिए कि आप अपनी शक्तियों का क्या कर रहे हैं। क्या आप उनका प्रयोग प्रकाश बनाने में कर रहे हैं या उन्हें वृथा जलाकर या बिखेरकर नष्ट कर रहे हैं? अपने प्रति ईमानदार बन जाइए। यदि आप अपने प्रति ईमानदार नहीं हैं, तो आपका दूसरों के प्रति ईमानदार होना कठिन है। अपनी शक्तियों की जानकारी प्राप्त कीजिए। यदि आपने अपनी शक्तियों का ज्ञान प्राप्त कर लिया और अपने शरीर को पूरी तरह वश में कर लिया, तो वह काम पूरी तरह आपके वश में होगा जिसे पूर्ण करने का आपने निश्चय किया है।

दिखावे की शान

शान-शौकत का दिखावा, वस्त्रों, आभूषणों और रहन-सहन में झूठा प्रदर्शन कोई बुद्धिमत्ता की बात नहीं है। अमेरिका में एक स्त्री ने अपने पति के विरुद्ध तलाक की प्रार्थना करते हुए कहा कि वह उसे 40 हजार डालर प्रतिवर्ष वस्त्रों के लिए नहीं देता और इससे कम में उसका गुजारा नहीं हो सकता। भारत में इस तरह की बात तो नहीं होती, परन्तु बढ़िया साड़ी या आभूषणों के दिखावे में यहां की नारियां भी कम नहीं हैं। पति ने चाहे 12 आने गज की कमीज पहन रखी हो, परन्तु पत्नी जरी की साड़ी की मांग करने में न कतराएगी। गली-मोहल्ले में जिस तरह के कपड़े देखेगी उसी तरह के कपडों की मांग वह भी पति के सामने रख देगी। इस मामले में वह अपना हित नहीं देखेगी।

वस्त्रों तथा आभूषणों के फेर में बहुत-सी स्त्रियां अपना इतना समय व्यर्थ खो देती हैं कि उनके पास अन्य महत्त्वपूर्ण बातों और कार्यों के लिए समय ही नहीं रह जाता। दूसरों की नकल करने की आदत भी मनुष्य को बहुत तंग करती है। विश्व-कवि रवीन्द्रनाथ ठाकुर ने अपने 'नकल का निकम्मापन' नामक लेख में लिखा है : "नकल करके वस्त्रों के आयोजन और चेष्टा में लगे रहने से बढ़कर मूर्खतापूर्ण कार्य मुझे दिखाई नहीं देता।" हमारा उद्देश्य इस बात की निन्दा करना नहीं है कि धनी लोग रुपये का अपव्यय करते हैं। हमारे कहने का तात्पर्य यह स्पष्ट करना है कि किस तरह अपने शौक और दिखावे के चाव में

वे साधारण वित्त वालों को कठिनाइयों में डाल देते हैं, क्योंकि साधारण वित्त वाले उन्हीं का अनुकरण करते हैं। धनी लोगों के दोषपूर्ण उदाहरणों को सामने रखकर वे चलने की कोशिश करते हैं और अपने-आपको कई तरह की पारिवारिक कठिनाइयों तथा कलह-क्लेश में फंसा लेते हैं।

झूठे दिखावे के पीछे बहुत-सी स्त्रियां अपने बच्चों की ठीक तरह से देखभाल नहीं कर पातीं। वे घर-गृहस्थी के कार्यों को ठीक तरह से संभाल नहीं पातीं। इसका यह तात्पर्य नहीं है कि अच्छे पहनावे न पहने जाएं या शोभा का ध्यान ही न रखा जाए। पर हरएक बात की एक सीमा होनी चाहिए। झूठी शान-शौकत या धनियों की नकल के पीछे बावले बनकर अपने कर्तव्य से गिर जाना कहां तक उचित है? अपने घर की सुख-शान्ति और अपनी हर प्रकार की उन्नति को मिथ्या प्रदर्शन पर बलिदान करना कहां तक उचित है?

धनी लोगों का भी इस विषय में कुछ कर्तव्य है। केवल धनी होने से ही मनुष्य को यह अधिकार नहीं मिल जाता कि वह अपने समाज के लोगों को पतित बनाए। उसे अधिकार नहीं मिल जाता कि वह अपने आसपास के लोगों को यह सिखलाए कि अपने-आपको धनी दिखाना अच्छी बात है। धनी होने के दिखलावे के लिए मनुष्य को बड़ा कष्ट उठाना पड़ता है। धनी लोग जब दिखावा करते हैं तो बाकी लोग उनका अनुकरण करते हैं। गीता में कहा गया है: "श्रेष्ठ लोग जैसा आचरण करते हैं, दूसरे लोग भी वैसा ही करने का प्रयत्न करते हैं। वे जितने परिमाण तक किसी कार्य को करते हैं, लोग उसका अनुकरण उतने ही परिमाण तक करने का प्रयत्न करते हैं।"

बहुत-से धनी लोग अपने धन के दिखावे को उचित सिद्ध करने के लिए कहते हैं कि इससे लोगों को काम-धन्धा और रोजगार मिलता हैं। उनका कथन है कि इससे लोगों की बेकारी दूर करने में सहायता मिलती है। पर यह मिथ्या भ्रम है। बनावट दिखावट के कारण जितना दुराचार फैलता है, जितना लोगों को कष्ट होता है, उसकी तुलना में यह लाभ कुछ भी नहीं है।

यह सत्य है कि बहुत-सी निर्धन लड़कियां, बहुत-से बच्चे श्रृंगार की सामग्रियां बनाने में, जरी के काम में, झूठी दिखावट और बनावट की चीजें बनाने में लगे हुए हैं, पर उनका जीवन दयायोग्य है। बेचारे अपने जीवन के बहुमूल्य वर्ष और अपनी अपार शक्ति उन कामों में व्यर्थ ही खर्च कर देते हैं, जो काम समाज के किसी भी उपयोग के नहीं हैं। वर्ष-भर में परिश्रम करके एक गरीब लड़की ने यदि एक कढ़ाई दार साड़ी बनाई, तो वह किसी सेठानी के ट्रंक में बन्द होने के लिए। वर्ष में एक या दो बार उस साड़ी को पहनने का अवसर आता है। कल्पना कीजिए, उस गरीब लड़की का श्रम यदि किसी अन्य उपयोगी कार्य में लगाया जाता तो समाज को कितना लाभ पहुंचता! मनुष्य, जो भगवान की ही प्रतिमा है, क्या उसके भाग्य में यही लिखा है कि धनिकों की व्यर्थ रुचियों के पीछे जीवन गंवा दे? उन धनी महिलाओं के शोक को पूरा करने में ही वे हाथ लगे रहें, जो अपने हाथ से वर्ष-भर में एक आने का भी उपयोगी काम नहीं करतीं?

एक हजार रुपये की साड़ी पहनने की शौकीन महिला यह नहीं समझती कि उसका चाव पूरा करने के लिए अनेक नवयुवती लड़कियों को महीनों काम करना पड़ा है। धनी महिलाएं ब्याह-शादी में जो इस तरह का अपने धनी होने का दिखावा करती हैं, जो जलूस निकालती हैं, उसका अनुकरण करके साधारण वित्त वाली स्त्रियां अपना विनाश कर बैठती हैं। वे अपनी आर्थिक स्थिति बिगाड़ लेती हैं। वे घर की शान्ति नष्ट कर डालती हैं और कई तो चरित्र से भी हाथ धो बैठती हैं।

वस्त्रों की तरह, आभूषणों के पीछे बहुत-सी नारियां बावली हुई फिरती हैं। वे अपने वित्त को न देखकर दूसरों की नकल करने का प्रयत्न करती हैं। समझ में नहीं आता कि किसी विशेष प्रकार के बहुमूल्य गहने पहनकर ही कोई महिला किस प्रकार महान बन सकती है। बहुत-सी स्त्रियां तो अपने बच्चों का पेट काटकर और पति को अनेक प्रकार का कष्ट देकर भी गहने बनवाकर ही रहती हैं। यह व्यर्थ का दिखावा बड़ा कष्टदायक होता है।

कपड़े और गहने की तरह आजकल लोगों में बढ़िया होटलों में खाना खाने का रिवाज भी बढ़ रहा है। वहां झूठी शान दिखाने के लिए अंधाधुन्ध खर्च करने में ही कई लोग अपनी शान समझते हैं; और इससे कई तरह की बुराइयां फैल रही हैं। बड़े नगरों में ये बुराइयां अब विचारवान लोगों की दृष्टि में स्पष्ट आने लग गई हैं। व्यर्थ के दिखावे और प्रदर्शन के कारण ही बहुत-से लोग अपने वृद्ध माता-पिता की सेवा करने से वंचित रह जाते हैं। होटल में जाकर एक बार में बीस रुपया व्यय करने के फेर में, वे बीस रुपया मासिक अपने वृद्ध पिता को देने की सामर्थ्य नहीं रखते।

बहुत-सी नवयुवतियां यह समझती हैं कि यदि वे बहुमूल्य और भड़कीले वस्त्र पहनेंगी तो शायद उन्हें धनी वर मिलने की अधिक आशा होगी। यह भी एक झूठा भ्रम है। जो लड़कियां अपने वित्त से बढ़कर बहुमूल्य भड़कीले वस्त्र पहनती हैं, वे धनी लड़कों को अपनी ओर आकर्षित करने में सफल नहीं होतीं; बल्कि वे अपने समान वित्त के योग्य लड़कों को डरा अवश्य देती हैं। वे उनके अन्य गुणों या योग्यताओं पर मुग्ध होकर उन्हें स्वीकार कर लेते; पर उनके भड़कीले और बहुमूल्य वस्त्रों को देखकर उन्हें डर लगने लगता है। अपव्ययी और तड़क-भड़क पर बहुत अधिक व्यय करनेवाली लड़की से विवाह करने से पूर्व समझदार नवयुवक हजार बार सोचेगा। बुद्धिमान नवयुवक जानते हैं कि एक बार किसी युवती तो तड़क-भड़क और दिखावे की आदत पड़ जाए तो वह कम ही छूटती है। वह तो लगातार बढ़ती ही जाती है और एक साधारण वित्त के मनुष्य के लिए उसकी मांगों को पूरा करना कठिन हो जाता है।

जो नवयुवती समझदार होती है, वह अपने वित्त के अन्दर ही अपने वस्त्रों पर व्यय करती है। वह साफ-सुथरे और सम्मान बढ़ाने वाले वस्त्रों को पहनना ही उचित समझती है। वह जानती है कि अपनी शक्ति से बढ़कर वस्त्रों पर खर्च करना मूर्खता है। आवश्यकता से अधिक चमक-दमक, नकल और व्यर्थ की तड़क-भड़क के चक्कर में वह नहीं पड़ती, अपने परिवार की आय के

अनुसार अपनी वेशभूषा रखती है। ऐसी नवयुवती से विवाह करने में नवयुवक अपना हित और गौरव मानते हैं।

धनी लोगों के दोषपूर्ण रहन-सहन और वेशभूषा का नवयुवतियों पर ही नहीं, नवयुवकों पर भी बुरा प्रभाव पड़ता है। वे भी धनियों की नकल में बढ़िया, दिखावटी और कीमती वस्त्रों के पीछे पागल हो जाते हैं। अपने वित्त को न देखकर वे कई बार कर्जा लेकर भी अपनी इच्छा पूरी करने का प्रयत्न करते हैं। परन्तु अपनें वित्त से बाहर वेशभूषा में वे बड़े ओछे लगते हैं। अल्प वेतन वाले क्लर्क जब अपने अफसरों से बढ़िया वस्त्र पहनते हैं, तब हंसी आती है। क्या बिना अपने-आपको ऋण में फंसाए वे ऐसा कर सकते हैं?

मानव के इतिहास में बनावटी दिखावे की सनक कभी भी इतनी प्रबल नहीं थी, जितनी आज के युग में हम देखते हैं। आज प्रत्येक व्यक्ति के मस्तिष्क पर यह सनक सवार है कि वह अपने वस्त्रों से और रहन-सहन से अपने-आपको इतना धनी दिखलाए, जितना कि वह वास्तव में है नहीं। केवल इसलिए कि लोग हमें धनी समझें, अपनी हिम्मत से बाहर खर्च करना किसी तरह भी बुद्धिमत्ता नहीं है।

केवल इसलिए किसी वस्तु पर व्यय करना कि दूसरे करते हैं, समझदारी नहीं है।

एक व्यक्ति लखपती समझा जाता था। जब उसकी मृत्यु हुई, तो बैंक में उसके हिसाब में केवल कुछ सहस्त्र रुपये निकले। उसका परिवार अत्यन्त अपव्ययी था। उसकी सारी कमाई झूठी शान और दिखावे में बहती रही। बहुत सें लोगों की, जो आज बड़े धनी समझे जाते हैं, स्थिति ऐसी ही है। उनकी स्थिति बुलबुले के समान है जो फटने पर शून्य रह जाता है। झूठी शान-शौकत और प्रदर्शन के चक्कर में हजारों लोग अपना गला सूदखोर महाजनों के हाथ में फंसा देते हैं। हमारे बड़े नगरों में इस प्रकार के बहुत-से लोग मिल जाते हैं जो शरीर के लिए आवश्यक भोजन नहीं प्राप्त कर सकते, क्योंकि उनकी आय का

बहुत-सा भाग बनावट-दिखावट में व्यय हो जाता है।

दूसरे लोगों की आंखों को प्रसन्न करने के लिए तथा दूसरों की संतुष्टि के लिए हम कितनी असुविधा सहते हैं! कितनी कठिनाइयां झेलते हैं! कितने कष्ट उठाते हैं! हम अपने-आपको फैशन का कितना गुलाम, कितना मूर्ख बना लेते हैं! केवल इसलिए कि लोग हमें धनी समझें।

दूसरे को दिखाने के लिए हमपर कितना अधिक खर्च का भार पड़ता है! दूसरों को दिखाने के लिए हम अपनी प्रसन्नता, सन्तोष और शान्ति को नष्ट कर देते हैं। झूठे प्रदर्शन के लिए हम कितना श्रम, कितना कष्ट और कितना संघर्ष करते हैं! झूठे दिखावे के लिए किस तरह हम अपने-आपको गुलाम और दास बनाते हैं!

यह मिथ्या जीवन है। दूसरों को अपने प्रदर्शन द्वारा, दिखावे द्वारा हम ठगना चाहते हैं, पर सबसे पहले हम स्वयं अपने-आपको ठगते हैं, क्योंकि इसपर हमारी ही कमाई खर्च होती है, हमारा ही परिश्रम व्यय होता है।

इस प्रकार के झूठे जीवन में हमारी वास्तविकता, हमारी असलियत और हमारा चरित्र नष्ट होता है। इससे हम बनावटी, अवास्तविक और मिथ्या बन जाते हैं। अपने- आपको दूसरों के सामने गलत रंग में प्रकट करके हम स्वयं अपनी दृष्टि से गलत हो जाते हैं।

यदि आपकी वेशभूषा और आपका रहन-सहन ऐसा है, जो आपके वित्त के बाहर है, तो इसके लिए आपको सैकड़ों झूठ बोलने के लिए तैयार रहना पड़ेगा। इसके लिए आपको सदा अपने मन को कुचलकर झूठे बर्ताव के लिए तैयार रहना पड़ेगा। इससे एक ही परिणाम होगा कि आपका चरित्र ही झूठ का पुलिंदा बन जाएगा। कुछ समय के अनन्तर फिर आप इस बात को बुरा मानना भी छोड़ देंगे कि आप झूठ पहनते हैं, झूठ ओढ़ते हैं और झूठ बोलते हैं।

बहुत देर तक लोगों को आप धोखा नहीं दे सकते। आप कुछ हों और दिखावा कुछ करें, यह बात बहुत देर तक नहीं चल सकती। कारण यह है कि

वास्तविकता सदा प्रकट होने को आतुर रहती है।

बहुमूल्य वस्त्र, बढ़िया रहन-सहन और ऊंची शान से किसी नवयुवक या नवयुवती का जीवन महान नहीं बन सकता। सारे संसार की धन-सम्पत्ति भी मानव की उत्तमता में एक प्रतिशत की भी वृद्धि नहीं कर सकती।

श्रेष्ठ कार्यों में व्यय कीजिए; उत्तम जीवन व्यतीत कीजिए । ईमानदारी से जीवन बिताइए। सादगी में सफाई से रहिए। अपनी वास्तविक स्थिति में रहिए। उपयोगी जीवन व्यतीत कीजिए इन बातों से आपका अत्यन्त उत्तम जीवन बनेगा और तब आपको सन्तोष भी बहुत प्राप्त होगा। विवेकानन्द, गांधीजी, रवीन्द्रनाथ ठाकुर, जमशेदजी नसरवानजी टाटा, सरदार पटेल-इनके जीवन-चरित्र पर दृष्टि डालिए। ये सब दिखावटी और बनावटी जीवन से दूर रहे। परन्तु जीवन में कितने ऊंचे उठे थे!

यदि हम खरे हैं, असली हैं, सच्चे हैं, तो हमें इस बात की परवाह न करनी चाहिए कि दूसरे लोग हमें क्या कहेंगे। दिखावे और बनावट के लिए कभी अपनी हिम्मत से बाहर खर्च मत कीजिए।

आलिवर क्रामवेल यूरोप की क्रान्ति का नेता था। एक चित्रकार ने उसका चित्र बनाते हुए उसकी आकृति को कोमल और सुन्दर बना दिया। क्रामवेल उससे बोला, "मेरा चित्र ठीक वैसा ही बनाओ जैसा मैं हूं। नहीं तो मैं तुम्हें एक पैसा न दूंगा।" आज इस प्रकार के खरे सोने जैसे चरित्र वाले लोगों की आवश्यकता देश को है।

प्रकृति में आनन्द

अंग्रेजी के प्रसिद्ध कवि वर्ड्सवर्थ ने कहा है कि प्रकृति के छोटे से छोटे फूल को देखकर मन में गहरे विचार उमड़ आते हैं। और अंग्रेजी कवि टेनीसन का कथन है कि वन-वन इस प्रकार के गीतों से भरे हैं कि जिनमें पाप का लेश भी नहीं है।

प्रकृति के पास जाने पर जहां हमें आनन्द मिलता है, वहां शिक्षा भी कम नहीं मिलती। पर वह शिक्षा उन्हें ही मिलती है, जो प्रकृति की सुन्दरता को देखने के लिए अपनी आंखें खुली रखते हैं। अंग्रेजी के प्रसिद्ध लेखक रस्किन का कथन है :"संसार में मानव-आत्मा का सर्वोत्तम कर्म यह है कि वह किसी वस्तु को देखे और सरल ढंग से उसका वर्णन कर दे।" इस प्रकृति-प्रेमी ने जिस तरह संसार की वस्तुओं को देखा, वह दृष्टि यदि हमें भी मिल जाए, तो हम जीवन में कितना आनन्द और सुख प्राप्त कर सकते हैं! इस लेखक के लिए प्रकृति में सब जगह सुन्दरता और संगीत भरा हुआ था। वह प्रकृति के प्रत्येक पदार्थ में सर्वशक्तिमान ईश्वर के हाथों की छाप देखता था। वह एक पत्ते या फूल की रचना को देखकर ध्यानमग्न हो जाया करता था। वह एक मछली या एक धूल के कण की रचना पर मुग्ध हो जाता था। प्रकृति के आश्चर्यों का अध्ययन करना, उसके संगीत को सुनना और अपनी भाषा में उसका अर्थ करना ही उसके लिए संसार का सबसे बड़ा धन था।

जब हम सब जगह सुन्दरता के दर्शन करने की दृष्टि पा जाते हैं, तब हमें

प्रकृति में, जीवन में, मनुष्य में, शिशु में, काम में और आराम में–बाहरी संसार में और भीतरी जगत् में–सब जगह भगवान के दर्शन होने लगते हैं। जब हमें प्रकृति से प्रेम हो जाता है, जब हम सबको पढ़ने के योग्य हो जाते हैं, तब हम सब जगह सौन्दर्य ही सौन्दर्य देखने लगते हैं। इस दृष्टि को पाकर हम बलवान और आननदपूर्ण हो जाते हैं।

जब हम अपनी आत्मा, मन और इन्द्रियों को प्रकृति से जोड़ देते हैं, तो सचमुच ही जीवन का अपार आनन्द प्राप्त होने लगता है।

प्रकृति का आनन्द पाने के लिए, बच्चे को आंखों और कानों का प्रयोग करना न सिखलाना एक अपराध है चाहे हम नगर में हों या गांव में, हमारा सबसे पहला कर्तव्य यह है कि बच्चों को प्रकृति का आनन्द लेने की विधि सिखलाएं।

निर्धन से निर्धन बालक और बालिका को भी कुछ पैसे खर्च करके नगर से गांवों में भेजा जा सकता है। उस सुन्दरता के दर्शन का अवसर दिया जा सकता है कि जिसे देखकर एक देवता भी मोहित हो जाए।

बहुत–से लोग एक देश से दूसरे देश में महान चित्रकारों की कला को देखने के लिए जाते हैं। कागज या कपड़े के चित्रों को पाने के लिए वे बड़े से बड़ा धन खर्च कर डालते हैं, परन्तु संसार के सबसे बड़े कलाकार ईश्वर की इस चित्रशाला में जो एक से एक सुन्दर चित्र हैं, उनकी ओर लोगों का ध्यान कम जाता है।

हममें से अधिकांश लोग जीवन के मोह में बुरी तरह लीन हो जाते हैं। वे माया के फेर में पड़ जाते हैं। वे जीवन की समस्याओं में उलझ जाते हैं। उन्हें धन इकट्ठा करने की ही लगन लगी रहती है। वे काम-धन्धे या व्यापार में बुरी तरह फंस जाते हैं। व्यापार कैसे बढ़े, खोज कैसे पूरी हो, पुस्तक कैसे पूरी लिखी जाए, या जीवन की एक अथवा दूसरी इच्छा कैसे पूरी हो-इसीमें हमारी सारी योग्यता खर्च हो जाती है। इसी में हमारा सारा जीवन व्यय हो जाता है।

कुछ लोग शहरी जीवन से तंग आकर, थककर या रोगी होकर आराम के

लिए गांव में जाते हैं। वहां देर तक रहने के बाद जब लौटते हैं तो उनमें कुछ भी परिवर्तन नहीं हुआ होता। वे ज्यों के त्यों लौट जाते हैं। इसका कारण यह होता है कि वे प्रकृति के स्रोत से आनन्द लेने के बजाय अपनी ही चिन्ताओं में डूबे रहते हैं। वे आंख और कान खोलकर प्रकृति के आनन्द का, प्रकृति के अमृत का रसपान नहीं करते। वे प्रकृति के आश्चर्य तथा आनन्द की ओर से आंख-कान बन्द कर लेते हैं। उनकी आत्मा इतनी कठोर हो गई होती है कि उन्हें प्रकृति के कण-कण में छाया हुआ सौन्दर्य अपनी ओर आकर्षित नहीं कर पाता।

संसार की कामनाओं का इतना बोझ वे लादे रहते हैं कि उन्हें प्रकृति की गोद में जाकर भी विश्राम नहीं मिलता। छलबल से धन कमाने और जमा करने की उनके मन में इतनी हाय-हाय लगी रहती है कि प्रकृति के आनन्द में उनका मन नहीं भीग पाता।

लोग मन्दिरों और मठों, गिरजों और मस्जिदों में जाकर सिर झुकाते हैं, परन्तु प्रकृति-प्रेमी के लिए गांव में और वनों में, पग-पग पर भगवान का विशाल मन्दिर है। जिस मनुष्य को ऐसा विशाल दृष्टिकोण मिल जाता है उसकी भावनाएं बदल जाती हैं, वह प्रकृति के सुन्दर दृश्यों को देखकर मानो अमृत-रस पीता है। इस तरह की दृष्टि पा जाने पर मनुष्य जब प्रकृति के मुक्त पवन में सांस लेता है, तो उसका एक-एक सांस उसके लिए रसायन हो जाता है, उससे उसकी शक्ति बढ़ती है। प्रकृति का एक-एक दृश्य उसके लिए विश्राम देने वाला हो जाता है।

प्रकृति से सम्बन्ध जोड़ने का अर्थ है–प्राणों की प्राप्ति, घायल हृदय के लिए स्नेहमय लेप की प्राप्ति, नवजीवन और नवयौवन की प्राप्ति। प्रकृति में कैसा जादू-भरा, कैसा आश्चर्यजनक, कैसा मोहक, कैसा प्राणों का संचार करने वाला, कैसा नवजीवन दान करनेवाला गुण भरा है! जब चिन्ताएं घेर लें, जब फूट और मतभेद हृदय को छिनन-भिन्न कर दें, जब नस-नाड़ियां थक जाए और आगे काम

करने से जवाब देने लगें, तब गांव या वन में जाइए वहां प्रकृति की गोद में विश्राम कीजिए और उसकी दुलारभरी थपकी का प्रभाव देखिए।

जब हमारे शरीर का रोम-रोम प्रकृति के मुक्त पवन में, उन्मुक्त वायुमण्डल में सुगन्ध, भीने अमृत-रस का पान करता है तब उसके द्वारा किस तरह हमारे तन-मन के घाव भरते हैं, यह हम अनुभव से ही जान सकते हैं।

भगवान की वाटिका में, मुक्त प्रकृति में एक ही दिन बिताने के बाद हम यह अनुभव करने लगते हैं कि हमारी आयु बढ़ गई है, मानो हमने अमृत में स्नान कर लिया हो। मानो जीवनदायक रस पी लिया हो।

प्रकृति की सुन्दरता में अवकाश के दिन बिताकर जो व्यक्ति लौटता है, वह निश्चय ही पहले से बदला हुआ होता है।

संसार के महान पुरुषों ने प्रकृति की इस शक्ति को सदा ही पहचाना है। फूली हुई कलियों में, खिलते हुए फूलों में, जीवन के विकसित होते कण-कण में उन्हें सदा विश्रान्ति और आनन्द प्राप्त होता रहा है।

झगड़े की आदत

छोटी-बातों को लेकर लड़ाई-झगड़ा, तर्क-वितर्क या बहस करने की आदत कोई अच्छी बात नहीं इससे स्वास्थ्य और चरित्र की हानि होती है।

बड़े-बड़े परिवारों में प्राय: देखा जाता है कि घर के लोग दिन-भर के काम के बाद सांयकाल का समय प्राय: आपस के झगड़े और व्यर्थ की बहस में बिताते हैं। दिन-भर के काम से थके हुए उनके शरीर, मन तथा मस्तिष्क शाम को चिड़चिड़े हो जाते हैं। तब किसी व्यर्थ की बात को लेकर या किसी बहुत ही साधारण बात पर आपस में तू-तू-मैं-मैं होने लगती है। फिर रात तक वह घोर संग्राम मचता है कि कुछ वर्णन नहीं किया जा सकता। दूसरे दिन जब वे लोग सोकर उठते हैं तो उनमें काम के लिए कुछ भी उत्साह नहीं रहता। उनमें ज़रा भी ताज़गी नहीं रह जाती।

न जाने हमें कब समझ आएगी कि शान्तचित्त रहने से ही शरीर तथा जीवन में सुन्दरता आती है तथा विकास होता है। मतभेद, विरोध, वितंडा, बहस, गर्जन-तर्जन और तू-तू-मैं-मैं के वातावरण में मनुष्य कभी भी अपना काम भली भांति नहीं कर सकता। जहां ज़रा-सा भी विरोध हो, वहां मनुष्य की योग्यताएं और उसके गुण अपना काम ठीक तरह से पूर्ण नहीं कर पाते। उद्देश्य, शक्ति, मन की एकाग्रता, कार्य को ठीक ढंग से पूरा करने की योग्यता–ये गुण तभी सफल होते हैं, जब काम करनेवाले का मन शान्त हो। काम करनेवाले को

स्वतन्त्रता की आवश्यकता है। इसके लिए घुटन का वातावरण बाधक होता है। बहुत अधिक नियम और पाबन्दियां मनुष्य की कार्यशक्ति को कुचल देती हैं।

झगड़े की आदत से, दूसरों के दोष निकालने की आदत से और ताना कसने की आदत से कई लोगों ने अपने जीवन बिगाड़ लिए हैं। इस तरह के स्वभाव वाले लोगों को कोई भी काम पर रखने को तैयार नहीं होता।

आज हजारों घरों में हम ऐसे लोगों को देखते हैं, जो जीवन में आगे नहीं बढ़ सके। उनके विकास पर पाला पड़ गया है। वे अपनी योग्यता के अनुसार उन्नति नहीं कर सके। वे आशा के अनुसार सफल नहीं हो सके। इसका कारण है कि उन्हें ऐसे गन्दे विचारों वाले वातावरण में रहना पड़ता है, जहां विरोध, मतभेद, आलोचना, झिड़की और लगातार डांट-डपट का चक्कर चलता रहता था। लगातार भिड़कने और डांट-डपट करते रहने के कारण ही अनेकों लड़के बुरी संगत में फंस जाते हैं। बहुत-सी लड़कियां लगातार की डांट-फटकार के कारण घरों से भागने पर विवश हो गईं; क्योंकि उन्होंने बुरी से बुरी जगह को भी घर की अपेक्षा अच्छा समझा। 'यह मत करो', 'तुम यह क्यों करते हो?' इस तरह के निरन्तर विधि-निषेधों से तंग आकर लड़के-लड़कियां माता-पिता या गुरु की आज्ञा मानना और भी छोड़ देते हैं। जिस घर में जुबान की कैंची तेज चलती रहती है वहां कोमल हृदय के बालक-बालिका तंग आ जाते हैं। उनके मन में विद्रोह उठ खड़ा होता है।

तरुण लड़कियां और लड़के बार-बार के उपदेश को अच्छी बात नहीं समझते। पल-पल में उनकी हरएक बात को गलत बताकर ठीक करने का यत्न किया जाना एक भूल है।

तरुणों की इच्छा होती है कि कोई उनका उत्साह बढ़ाए। वे अपने काम की प्रशंसा पाना चाहते हैं। जो माता-पिता और अध्यापक बुद्धिमत्ता-भरे शब्दों का प्रयोग करते हैं, उनके लिए तरुण लड़कियां और लड़के कुछ भी करने को तैयार हो जाते हैं। जो माता-पिता तथा अध्यापक चाहते हैं कि बच्चे और तरुण

उनकी इच्छानुसार काम करें, उन्हें चाहिए कि वे उनके काम की प्रशंसा करें, उनको प्रोत्साहन दें। वे उनको बढ़ावा दें, न कि सारी शक्ति उनकी त्रुटियां निकालने में ही लगा दें।

जिन माता या पिता को डांटने-फटकारने की आदत पड़ जाती है, वे प्रायः कहा करते हैं कि प्यार के कारण ही वे ऐसा करते हैं। लगातार की छींटाकशी, लगातार के ताने, बात-बात में आलोचना, और 'यह न करो', 'वह न करो', 'ऐसा न करो' आदि निषेध-यही यदि प्यार है तो फटकार किसे कहते हैं? पल-पल में शब्दों के कोड़े मारना और फिर प्यार की दुहाई देना विचित्र बात है।

झिड़कियों में, फटकार में प्यार का लेश भी नहीं होता, भले ही फटकार करनेवाला कितनी ही प्यार की बात कहे। फटकार का कारण होता है–फटकारनेवाले की बेचैनी, थकावट, मतभेद और स्वार्थ।

दूसरों के दोष देखने की आदत अच्छी नहीं, दूसरों की आलोचना करते रहने का स्वभाव अच्छा नहीं, क्योंकि इससे आपस की सारी मधुरता और उत्तमता नष्ट हो जाती है।

बालक या तरुण के दोष ही ढूंढ़ते रहने की आदत के कारण माता-पिता उसके विकास में बड़ी बाधा खड़ी कर देते हैं। कई तो कड़वे वचन बोलने में ही अपनी बड़ाई समझते हैं। हर समय आलोचना या नुक्ताचीनी की बात ढूंढ़ते रहना, त्रुटि या दोष की ही खोज में लगे रहना, सन्देह करना-ये बातें अच्छी नहीं। इनसे अपने ही हृदय के दोष प्रकट होते हैं।

दोष-दर्शन और छिद्रान्वेषण का स्वभाव बन जाने पर मनुष्य के अन्दर दोष ही बढ़ते हैं, गुण नहीं। अन्त में मनुष्य अपने हृदय की सारी सुन्दरता, मधुरता और अच्छाई खो बैठता है।

यदि आपके विश्वास को धक्का लगा है तो धीरज रखिए; एकदम क्रोध में न आइए; मनुष्य पर अपना विश्वास न खो दीजिए। संसार में अधिकांश लोग ईमानदार और सच्चे हैं और अपनी तरफ से अच्छे काम करना चाहते हैं।

बहुत-से व्यापारी ऐसे होते हैं, जिनकी यह आदत हो जाती है कि वे हर बात में दोष निकालते रहते हैं। वे हर किसी पर गुर्राने लगते हैं। यदि कहीं कोई वस्तु इधर की उधर रखी जाए, या कोई काम पूरी तरह उनकी इच्छा के अनुसार न किया जाए, तो वे क्रोध में भरकर कड़वें वचन बोलने लगते हैं, या कभी-कभी गालियों पर भी उतर आते हैं। वे हर किसीके दोष निकालने लगते हैं और अन्त में सबको नाराज कर डालते हैं।

दूसरे को सुधारने का यह उपाय पूरी तरह असफल हो चुका है। चिड़चिड़े माता-पिता, अध्यापक या मालिक के बारे में लोग कहने लगते हैं, 'उनकी तो आदत ही है, वे तो बोलते ही रहते हैं।' इस तरह उनके बोलने का प्रभाव ही समाप्त हो जाता है।

जिसे डांटने-फटकारने की आदत पड़ जाती है, वह दूसरे को सुधारने का और कोई उपाय नहीं जानता।

संसार में बहुत-सी निर्दयता अविचार के कारण होती है। यदि मनुष्य विचार करके काम करे तो इतनी निर्दयता कभी न हो। बहुत-से लोग जानबूझकर दूसरे का जीवन दूभर नहीं करते। वे अनजाने में ही चोट कर देते हैं और मूर्खता या अज्ञानवश क्षमा मांगने को भी तैयार नहीं होते।

जो व्यक्ति अपनी अधिक से अधिक शक्ति लगाकर किसी काम में सफल होने का यत्न कर रहा हो, उसका उत्साह तोड़ने से बढ़कर निर्दयता और क्या हो सकती है! जो कठिनाइयों में भी उन्नति करने का प्रयास कर रहा है, उसके मार्ग में बाधाएं खड़ी करने से बढ़कर और बुरी बात क्या हो सकती है!

कोई भी एक जीवन पूरी तरह दूसरे जीवन जैसा नहीं हो सकता। इसलिए मनुष्य को दूसरे पर विचार जबर्दस्ती थोपने का कोई अधिकार नहीं है। बरबस दूसरे को अपनी इच्छानुसार चलाने का हमें कोई हक नहीं है।

मनहूस आदमी दूसरों के सामने निराशा के ही चित्र खींचता है। वह दूसरों के दोष देखने में ही लगा रहता है। वह दूसरों के हृदय को व्यंग्य के तीर से

छलनी कर देता है। ऐसे लोग जहां जाते हैं, अपनी मनहूस आकृति साथ ले जाते हैं। वे हरएक की आज्ञा तोड़ने का प्रयत्न करते हैं। वे जीवन में बहुत कम सुन्दरता या आनन्द देखते हैं। ऐसे लोग स्वयं असफल होते हैं। वे लोकप्रिय नहीं होते।

जो मनुष्य दूसरों को उत्साह देता है, प्रसन्नता देता है, आशा देता है, प्रेरणा देता है, वह श्रेष्ठ मनुष्य है। वह सदा दूसरों को सहारा देने के लिए तैयार रहता है। ऐसे व्यक्ति को जीवन-भर लोग प्यार करते हैं।

अप्रिय बनने का अधिकार

बहुत-से व्यापारी लोग अपने घर में, बात-बात पर आपे से बाहर हो जाया करते हैं। यदि वे लोग अपनी दूकान और कार्यालय में भी इसी तरह संयम खो दें, तो उनका व्यापार और कार्य शीघ्र ही ठप्प हो जाए। प्रत्येक व्यापारी जानता है कि कड़वे कथन व्यापार को अपार हानि पहुंचाते हैं। कोई भी अच्छा व्यापार अपना यश और अपनी प्रतिष्ठा नहीं खोना चाहता। वह सदा सतर्क रहता है कि उससे कोई अप्रिय शब्द न निकल जाए। परन्तु घर में वह संयम नहीं रख पाता। वहां वह अपनी जीभ को बस में नहीं रखता। वह जानता है कि उसकी पत्नी और बच्चे उससे दब जाएंगे। इसलिए वह घर में अपने कठोर से कठोर रूप को भी प्रकट करने में संकोच नहीं करता। ग्राहक से वह कोमलवाणी में, तरीके से बात करेगा। वहां वह अपनी शालीनता और शील प्रकट करने का प्रयत्न करेगा। परन्तु घर पहुंचते ही वह अपना संयम खो देगा। वहां प्रिय वचन की आवश्यकता ही वह नहीं समझता। वहां हर एक को डांटने, फटकारने, नीचा दिखाने और कटु वचन कहने को वह अपना अधिकार मानता है। हालांकि संसार में उसका घर ही उसके लिए सबसे पवित्र, सबसे शान्त तथा सबसे मधुर स्थान हो सकता है। पर वह अपने गर्जन-तर्जन से सारे घर की शान्ति और मधुरता पल-भर में नष्ट कर देता है।

शस्त्र का घाव भर जाता है, परन्तु वाणी का घाव आयु-भर नहीं भरता। यदि कोई व्यक्ति घर में आकर मनोरंजक साथी प्राप्त करता है और वहां भी मधुर

वाणी बोलता है, तो उसका आनन्द बढ़ जाता है। वह अपनी पत्नी की इच्छा के आगे झुकता है, नौकरों के प्रति कृपालु है, बच्चों के साथ दया और प्रेम का बर्ताव करता है, तो उसका जीवन आनन्द से भर जाता है।

बहुत-से लोग घर में अतिथि के आने पर उसका बड़ा स्वागत-सत्कार करते हैं। जब तक अतिथि घर में रहता है, वे सबसे मीठे वचन बोलते हैं; पर ज्योंही अतिथि विदा होता है, वे फिर परिवार के हरएक व्यक्ति को, उचित-अनुचित हर बात पर डांटने-फटकारने लगते हैं। घर में कुहराम-सा मच जाता है। सारी शान्ति नष्ट हो जाती है।

घर का मुखिया ही सदा दोषी नहीं होता। गृहिणियां या बच्चे यह समझते हैं कि घर में वे जितना चाहें क्रोध कर सकते हैं।

कई घरों के परिवारों में पारिवारिक कलह नित्य की बात हो गई है। जब कोई बाहर का व्यक्ति आता है, तो तूफान थम जाता है, पर ज्योंही वह व्यक्ति दरवाजे से बाहर हुआ, त्योंही फिर वही कठोर शब्दों की वर्षा एक-दूसरे पर शुरू हो जाती है।

बहुत-से लोग अपने परिवार के लोगों के कुछ अधिकार ही नहीं समझते। वे दूसरों से बात करते हुए तरीके और सलीके का ख्याल रखते हैं, पर घर के किसी व्यक्ति से बोलते हुए वे ऐसा प्रकट करते हैं, मानो वह तुच्छ प्राणी हो।

दूसरों से बातचीत करने में लोग सावधानी बर्तते हैं, लोकाचार, सम्मान और शिष्टता का ध्यान रखते हैं। घर में सारी शिष्टता उठाकर ताक पर रख दी जाती है। दूसरों के सामने जो भलमनसाहत आवश्यक समझी जाती है, घर के लोगों के लिए उसको नष्ट करने में ही व्यक्ति अपने-आपको ऊंचा समझता है। घर में मनुष्य इस बात की स्वतन्त्रता समझता है कि वह जितना चाहे चिल्लाए, शोर मचाए, गरजे और कटु बचन कहे।

घर में जैसी आदत पड़ जाती है, बाहर भी वही आदत रहती है। इससे कई बार बड़ी हानि हो जाती है।

जब आप परिवार के लोगों से उचित व्यवहार न करेंगे तो आप उनसे अपने सम्मान की आशा क्या कर सकते हैं? इसी तरह जब आप अपने से नीचे काम करने वालों से कोमल और शिष्टता का व्यवहार करेंगे तो उनकी दृष्टि से आपका क्या सम्मान रह जाएगा? वे आपके सामने शायद न बोलें, पर पीठ-पीछे तो आपकी बुराई किए बिना न रहेंगे। जब आप उनका लिहाज न करेंगे, उनसे दया का बर्ताव न करेंगे, उनके सम्मान का ध्यान न रखेंगे, तो उनसे यह कैसे आशा कर सकते हैं कि वे आपकी आज्ञा का ठीक तरह से पालन करेंगे!

प्रायः ऐसा होता है कि नवयुवक एक सुन्दर, स्वस्थ और प्रसन्नचित्त लड़की को ब्याहकर घर लाता है। वह कुछ दिन चिड़िया की तरह चहकती है। परन्तु फिर उसका पति उसे बात-बात में लगातार टोकने लगता है। तब कुछ ही दिनों में उस युवती का रंग पीला पड़ जाता है, उसका उल्लास समाप्त हो जाता है, उसकी चहकती बोली बन्द हो जाती है। बात-बात में घर के लोग उसकी हरएक चेष्टा की कठोर आलोचना करने लगते हैं। इससे उसकी स्वाभाविकता नष्ट हो जाती है। वह अपने विचार प्रकट करने में संकोच करने लगती है। उसका विकास रुक जाता है। उसके चरित्र का सौन्दर्य नष्ट होने लगता है।

जिन परिवारों में डांट-फ़टकार, नुक्ताचीनी, कठोर आलोचना प्रबल हो जाती है, उनमें बहुएं दुर्बल, दब्बू और डरपोक हो जाती हैं। उनके लिए अपने स्वतन्त्र विचार प्रकट करना असम्भव हो जाता है। इससे परिवार की उन्नति को क्षति पहुंचती है। कलह-क्लेश वाले घरों में निर्दय और कठोर लोग मजे में रहते हैं। जिनका चरित्र उत्तम और श्रेष्ठ होता है वे प्रायः भावुक होते हैं। शरारती लोग उन्हें तंग करने में सफल हो जाते हैं। कोमल स्वभाव-वाले इच्छा होते हुए भी दुष्टों का विरोध नहीं कर पाते। वे अत्याचार को चुपचाप सहने लगते हैं। घर में क्रूर सास या निर्दय ससुर कई बार एक भोली और भली बहू का जीवन दूभर बना देते हैं। कई जगह बहू ऐसी कठोर आ जाती है कि वह सास-ससुर का जीना मुश्किल कर देती है।

भद्र व्यवहार और मधुर भाषण का स्वभाव बनाने के लिए घर ही सबसे उत्तम स्थान है। घर में कटु वचन, व्यंग्य और कठोर आलोचना की आदत होने पर बाहर भी व्यवहार में त्रुटियां हो जाती हैं। इससे बड़ी हानि, होती है।

बहुत-से लोग भद्र और धनी महिलाओं से बातचीत करते हुए बड़ी शिष्टता दिखलाते हैं। परन्तु अपने अधीन काम करनेवाली का अन्य साधारण वित्त वाली स्त्रियों से बातचीत करते हुए भद्रता और शिष्टाचार भूल जाते हैं। धनहीन या अपने अधीन काम करने वाली महिलाओं के प्रति और भी कोमल, शिष्ट तथा भद्र व्यवहार करने की आवश्यकता है। वे कोमल, दयापूर्ण और सान्त्वना-भरे शब्दों से ऐसी प्रसन्न होंगी कि हर जगह उनका यश गाएंगी।

जो मनुष्य अपने कार्यालय, कारखाने या फैक्टरी में स्त्रियों को काम देता है उसे उनके प्रति उदार होना चाहिए। उसे कठोर और अशिष्ट वाणी में कभी न बोलना चाहिए। किसी विवशता के कारण यदि कोई निर्धन स्त्री किसी छोटी नौकरी को स्वीकार करती है, तो इसका तात्पर्य यह नहीं कि उसमें आत्मसम्मान नहीं है। अपने अधीन काम करने वालों से कठोर शब्द कहना, बात-बात में उन्हें लताड़ना न तो शोभा की बात है, न दूरदर्शिता ही है।

अपने से कम पैसे वालों से कठोर बर्ताव करना, उनसे चुभते हुए शंब्द कहना बहुत ही घृणा-योग्य बात है। दूसरों के सम्मान को कम करना, दूसरे का अपमान करना, भोले-भाले लोगों को व्यर्थ दबाना बहुत बुरा है। जिस तरह आपके अधिकार पवित्र हैं, उसी तरह दूसरों के भी अधिकार पवित्र हैं। अपने किसी कर्मचारी पर कठोर शब्दों को लेकर टूट पड़ना कभी भी शोभा की बात नहीं। आप स्वामी हैं, वह सेवक है, यह केवल अवसर की बात है। आपसे बड़े अफसर या आपसे बड़े धनी यदि आपसे कठोर बर्ताव करें, तो क्या आपको दुःख न होगा? बस, इसी तरह दूसरे का भी दुःख होता है। बहुत-से धनी सुन्दर और बहुत बढ़िया कपड़े पहनकर अपने अधीन काम करने वालों पर कठोर और गन्दे शब्द लेकर टूट पड़ते हैं। वे घटिया मनुष्य होते हैं, इसमें सन्देह-बिलकुल भी नहीं।

प्रेम का बर्ताव और उसके लाभ

एक राजा का एक ही बेटा था। राजा उसे बड़ा प्यार करता था। उसकी हर एक इच्छा पूरी करता था। परन्तु वह बालक किसी तरह प्रसन्न न हो पाता था। एक दिन राजा ने घोषणा की जो व्यक्ति मेरे पुत्र को प्रसन्नचित्त बना दे, उसे मैं मुंहमांगा पुरस्कार दूंगा।

एक जादूगर आया। उसने बालक के मुख पर अप्रस्न्नता की झलक देखी। वह राजा से बोला, "मैं तुम्हारे बेटे को प्रसन्नचित्त बना सकता हूं। मैं मुस्कराहटें उसके चेहरे पर ला सकता हूं। परन्तु उस बालक को मैं यह रहस्य बताऊं, इससे पहले तुम मुझे इसका मूल्य दो।"

राजा ने कहा, "बहुत अच्छा। जितना तुम कहो, मैं मूल्य दूंगा।"

मूल्य पाकर वह जादूगर उस बालक को एकांत कमरे में से गया। उसने एक सफेद कागज पर किसी सफेद वस्तु से कुछ लिखा। उसने बालक को एक मोमबत्ती दी और उसे कहा कि इसे जलाओ और कागज के नीचे रखो; और तब देखो कि तुम क्या पढ़ते हो। बालक ने वैसा ही किया। वे सफेद अक्षर सुन्दर नीले रंग में बदल गए। उसमें ये शब्द लिखे थे : "किसी एक व्यक्ति पर प्रतिदिन दया का कोई काम करो।" राजकुमार ने उस सम्मति पर आचरण किया। उसके अनन्तर सारे राज्य में वह सबसे अधिक प्रसन्नचित्त बालक बन गया।

दयालुता के छोटे-छोटे कार्य, भद्रता के छोटे-छोटे व्यवहार, दूसरे का मन समझने की चेष्टा, दूसरे का सहायक बनने का प्रयत्न, सहानुभूति का भाव,

स्वार्थ-रहित होना, दूसरों की भावनाओं को ठेस न पहुंचाना, दूसरों के दोष न उघाड़ना, दूसरों की दुर्बलताओं के प्रति उदार होना, ये हैं प्रेममय स्वभाव के चिह्न।

पंचतन्त्र में कहा गया है : "जो अपने जीवन से दूसरों के जीवन को जीने योग्य बनाता है, मधुर बनाता है, वह बहुत दिन जिए। यों तो कौए भी बहुत दिन जी जाते हैं और ज्यों-त्यों अपना पेट भर लेते हैं।"

जो जीवन में किसीकी सहायता नहीं करता, वह आनन्दमय नहीं हो सकता। जो जीवन में प्रसन्नतामय तथा उल्लासमय नहीं हैं, वह सफल नहीं हो सकता। मधुरता, शांति, उत्साह, साहस, आशावाद और प्रसन्नता–ये ही वे गुण हैं जिनसे मनुष्य सफल होता है। प्रसन्नमुख होना, प्रसन्नहृदय होना, दूसरों को प्रसन्न करने की चेष्टा करना, दूसरे का हित करने का यत्न करना, सब मनुष्यों को भाई समझना–ये ऐसी खूबियां हैं जिनसे मनुष्य अपनी धन-सम्पत्ति, यश, आयु, विद्या और मानवता की रक्षा कर सकता है। इन विशेषताओं द्वारा मनुष्य जितनी चाहे उन्नति कर सकता है।

रेडियम एक आश्चर्यजनक पदार्थ है। वह प्रति सेकण्ड लाखों परमाणुओं को बाहर की ओर बखेरता है, परन्तु परमाणु उससे अलग नहीं होते। उसका आकार और उसके गुण कम नहीं होते।

इसी तरह जो मनुष्य प्रसन्नता बखेरता है, जो अपनी वाणी से दूसरों को उत्साह देता है, उसकी प्रसन्नता ओर उत्साह कम नहीं होते। दूसरों की सहायता करना, दूसरों को प्रेरणा देना, दूसरों का साहस बढ़ाना–इनसे कोई भी मनुष्य छोटा नहीं होता, न ही घटता है। मनुष्य के जीवन की यह दुर्बलता है कि वह दूसरों की अच्छाइयों की तरफ से आंखें मूंद लेता है। न जाने मनुष्य को कटु वचन कहने में क्या मिलता है? न जाने मनुष्य को दूसरों का जी दुखाने में क्या प्राप्त होता है?

कुछ लोगों का स्वभाव ही ऐसा ओछा होता हैं कि वे किसी भी मनुष्य में

कुछ अच्छाई नहीं देखते। चाहे उनका अपना कुछ भी लाभ न हो, पर वे सदा वक्रता से, व्यंग्य से, ताने से ही बात करने में गर्व अनुभव करेंगे। वे दूसरों के उद्देश्यों और चरित्र को तुच्छ बताने में ही गौरव अनुभव करेंगे।

छोटे और तुच्छ हृदय वाले लोग जब अपने मुकाबले पर किसी भी मनुष्य की सफलता का समाचार सुनते हैं, तो जल उठते हैं वे दूसरे के गुण या योग्यता को सदा कम करके बताते हैं। वे कहेंगे : "वह है तो बहुत योग्य, परन्तु ..." वे किसी की बड़ाई के अवसर को बिगाड़े बिना नहीं रहते।

जो दूसरे की निन्दा करता है, वह एक तरह से अपना ही ढिंढोरा पीटता है : "मैं हीन हूं, छोटा हूं, ओछा हूं, तुच्छ हूं, ईर्ष्यालु हूं। मैं दूसरों की उन्नति पर जलने वाला हूं। मैं सज्जन नहीं हूं, लोकाचार जाननेवाला नहीं हूं, भला नहीं हूं। मैं सन्तुलित मस्तिष्क बाला नहीं हूं।"

किसी ने ठीक ही कहा है : "दुष्ट व्यक्ति दूसरे के सरसों के बीच बराबर दोष को भी देखता है और अपने बिल्व के बराबर बड़े दोषों को भी देखकर अनदेखा कर देता है।"

उदारता की भावना, दया की भावना, ये आत्मा की महानता की निशानी हैं।

ईर्ष्या, हसरत, जलन, कुढ़न–ये तुच्छ स्वभाव के चिह्न हैं, दूसरों को किसी काम के लिए जो बड़ाई मिलती है उसे मिलने दीजिए।

दयालुता की भावना के साथ ही उदारता और विशालता आती है। इससे चरित्र भी महान बनता है। जो मनुष्य अपने मुकाबले पर काम करने वालों की निन्दा करता है, या उनकी प्रशंसा के अवसर पर नीचता से चुप रह जाता है, वह संसार को अपनी तंगदिली साफ दिखला देता है।

कई बड़े आदमी भी घोर ईर्ष्यालु होते हैं। एक तरफ जहां उन्हें भगवान से प्रतिभा या विशेष बुद्धि मिली होती है, वहां साथ ही उन्हें ईर्ष्या से भरा मन भी मिला होत है। वे दूसरे को उन्नति करते देखकर बेतरह जल उठते हैं।

कुछ कलाकार, संगीतकार तथा चित्रकार और यहां तक कि उपदेशक भी

एक-दूसरे पर कीचड़ उछाले बिना नहीं रहते। जब किसी अन्य व्यक्ति की प्रशंसा होती है तब वे उसे सहन ही नहीं कर पाते। वकीलों, डाक्टरों तथा राजनीतिज्ञों में इस तरह की ईर्ष्या बहुत अधिक देखी जाती है।

हम इच्छा के अनुसार उन्नति नहीं कर पाते; क्योंकि हम उदार नहीं हैं, दानी नहीं हैं, दूसरों के प्रति सहानुभूति नहीं रखते। हम दूसरों को उत्साहित नहीं करते। यदि हम अधिक प्रोत्साहन चाहते हैं तो हमें दूसरों को अधिक प्रोत्साहन देना चाहिए। यदि हम अधिक धन चाहते हैं तो हमें अधिक दान करना चाहिए।

जो मनुष्य सहानुभूति, सहायता, प्रसन्नता और प्रोत्साहन में कंजूसी दिखलाता है, वह अपने स्वभाव को संकुचित कर लेता है। वह संकीर्णहृदय बन जाता है।

जब मनुष्य उदार बन जाता है, उस समय उसका बड़ी तेजी से विकास होता है, उसकी आश्चर्यजनक उन्नति होती है। छोटी आयु में ही सबसे मेलजोल और प्रेमभाव बनाने की आदत से मनुष्य की जितनी उन्नति होती है, उतनी और किसी बात से नहीं होती।

संसार में सबसे अच्छी वस्तु है–सहृदयता। जिसका हृदय मधुर है, वह हर समय आनन्द में भरा रहता है। वह अच्छा साथी, अच्छा पड़ोसी और अच्छा मित्र होता है। वह हर तरह की परिस्थितियों में अपने-आपको दूसरों के अनुकूल बना लेता है।

मधुर हृदय, दयालु स्वभाव, स्वच्छ मन, शिष्ट व्यवहार, उदार चित्त-ये ऐसे गुण हैं, जो मनुष्य को सर्वप्रिय बनाते हैं। जिसके पास ये गुण हैं, उसका एक लखपती धनी से भी बढ़कर सम्मान और स्वागत होता है।

कहा भी है, "उदार चित्त वालों का तो सारा संसार ही कुटुम्ब होता है।"

ऐसे मनुष्य से लोग प्रेम किए बिना रह ही नहीं सकते। उदार चित्त वाला व्यक्ति कई बार सारी जाति को ऊंचा उठा देता है। अहा! मधुर हृदय कितना धनी होता है! उसका मुखड़ा कैसा खिला हुआ होता है! उसका बर्ताव कितना मीठा होता है! वह जहां जाता है कितनी मधुरता, कितना उत्साह और आनन्द

बखेरता है! उसे देखकर दुःख और खेद से दबे हुए लोग सुख और आनन्द पाते हैं।

हम एक-दूसरे को गलत समझते हैं। हम दूसरों की त्रुटियों और कमजोरियों को बहुत बढ़ा-चढ़ाकर देखते हैं यदि हम प्रत्येक मनुष्य में भगवान को देखने लगें, तो हमारे हृदय वास्तव में बदल सकते हैं।

लोभ के कारण हममें से कई लोगों के हृदय स्नेहहीन हो जाते हैं। स्वार्थ के कारण हमें लोगों में अच्छाई ही दिखाई नहीं देती। जब हम लोगों को अच्छा समझने लगेंगे तो वास्तव में हम अच्छे बनने लगेंगे। एक-दूसरे के प्रति सद्भावना रखकर ही हम समाज में शान्तिमय क्रान्ति ला सकते हैं। हम सबकी उन्नति चाहें, सर्वोदय की भावना से प्रेरित होकर सबसे बर्ताव करें, तो हमारे समाज की महान उन्नति हो सकती है।

मधुर स्वभाव वास्तव में एक तिलिस्म या जादू है। धन की अपेक्षा इसकी शक्ति अधिक है। हीरे-मणियों से बढ़कर इसका मूल्य है। मधुर स्वभाव एक सुगन्ध है, जिसका सौरभ धरती को स्वर्गीय सुरभि से भर देता है।

न्यूयार्क की एक महिला ने एक बार एक फटे कपड़ों वाले भिखारी को अपने घर बुलाकर उसे पेट-भर भोजन कराया। साफ कपड़े पहनने को दिए। उसे उत्साह और प्रेरणा से भरे कुछ शब्द भी कहे : "तुम मनुष्य हो। तुम्हारा स्वास्थ्य अच्छा है, तुम बुद्धिमान हो। इस प्रकार भीख मांगकर जीवन को बरबाद करना अपमान की बात है।"

एक वर्ष बीत गया। वह महिला उस घटना को भूल गई। अचानक उस महिला पर धन का संकट आ गया। उसे किसीके पांच सौ डालर चुकाने थे; पर प्रबन्ध कहीं से भी नहीं हो रहा था। दूसरे दिन उसे बड़ा अचम्भा हुआ। एक अपरिचित व्यक्ति आया और उसने उक्त महिला के आगे पांच सौ डालर रख दिए। उस व्यक्ति ने कहा, "मुझे पता चला है कि तुम संकट में हो। तुम्हें पांच सौ डालर चाहिए। तुमने आज से एक वर्ष पहले मुझसे भाई की तरह व्यवहार

किया था। तुम्हारे वचनों को मन्त्र मानकर मैंने उनका पालन किया। भीख मांगना छोड़ दिया और मैंने अपने पैरों पर खड़े होने का यत्न किया। आज भगवान की मुझ पर दया है। फिर मैं अपनी बहिन के प्रति कृतज्ञता क्यों न प्रकट करूं; जिसने मेरे जीवन को ऊंचा उठाया!"

लोग धन के लोभ में कइयों को कुचलने के बाद आगे बढ़ने में लगे रहते हैं, मानो हममें और दूसरे लोगों में मानवता के सम्बन्ध ही न हों। सच मानिए, एक-दूसरे की सहायता करने से बढ़कर धनी और सुखी बनने का और कोई तरीका नहीं है।

जो मनुष्य अपने ही स्वार्थ और अहंकार में फूला रहता है, उससे बढ़कर बुरा कोई नहीं है। अति लोभ से मनुष्य के हृदय की कोमलता कुचली जाती है। अति लोभी को दूसरे मनुष्य-मनुष्य नहीं बल्कि चींटियां नजर आने लगते हैं।

खुले दिल के आदमी बनो। दूसरों से नम्रता और मधुरता का बर्ताव करो। हृदय में दयालुता की भावना का विकास करो। दूसरों की उचित प्रशंसा करने से मत चूको। दूसरों की सहायता के लिए आगे बढ़ो। दूसरों को अपने हृदय का आनन्द बांटो। लोगों से मीठा और सत्य का व्यवहार करो। तब तेजी से आपके जीवन का विकास होगा। दूसरों के मन को ऊंचा उठाओ। दूसरों को जरा और अच्छा बनाने का प्रयत्न करो। दूसरों पर प्रकाश की, आनन्द की, आशा की, सद्भावना की पुष्प-वर्षा करो। इससे आपके लिए प्रकाश और आनन्द के सभी द्वारा खुल जाएंगे। आपकी सहानुभूति, दयालुता और प्रोत्साहन से दूसरों के हृदय ऊंचे उठेंगे। संसार में ऐसे हृदय अधिक हैं, जो धन की अपेक्षा आपसे मधुर शब्द, सहानुभूति-भरे शब्द पाना चाहते हैं।

धन नहीं, बल्कि विशाल हृदय

हम सब उस व्यक्ति को बहुत चाहते हैं जिसके हृदय के कपाट हमारे लिए हर समय खुले रहते हैं। उसकी नमस्ते में एक मिठास होती है। उससे हाथ मिलाने में एक हर्ष की लहर दौड़ती है। वह जिससे मिलता है उसे ही अपना भाई समझता है। वह किसीको भी अपना विरोधी नहीं मानता, शत्रु तो वह कभी किसीकों मान ही नहीं सकता।

जो मुक्त-आत्मा है, उदारहृदय है, खुले बिचारों का है, दयालु है–वह संकुचित और अनुदार व्यक्ति की अपेक्षा अधिक लोकप्रिय होता है। जो मनुष्य उत्साह के साथ दूसरों से नहीं मिलता, जो दूसरों पर सन्देह करता है, जो दूसरों के आगे हृदय नहीं खोलता-वह जनप्रिय नहीं हो पाता। हम किसीकी भाषा नहीं जानते तो भी अपनी मुस्कान से उसका सत्कार कर सकते हैं। मुस्कान की भाषा संसार के सब देशों के मनुष्य समझते हैं। मुस्कान भाईचारे की भाषा है। यह सहृदयता की भाषा है।

कुछ लोग ऐसे होते हैं कि आप उनके हाथों में चाहे अच्छा से अच्छा सितार या वायलिन दे दें, वे पहला ही सुर ऐसा छेड़ेंगे कि आप तंग आ जाएंगे। इसी तरह कुछ लोग भेंट होते ही ऐसा मनहूस चेहरा बनाते हैं, या शुरू में ही ऐसे शब्द कह देते हैं कि सारा आनन्द नष्ट हो जाता है।

इसके विपरीत कुछ लोगों से मिलते ही ऐसा लगता है, जैसे उषा का सुनहला प्रकाश फैल गया हो। वे बोलते हैं तो ऐसा लगता है मानो मोती बखेर रहे हों।

वे हंसते हैं तो प्रतीत होता है मानो पुष्प अपनी पंखुड़ियां खोल रहे हों। उनकी बात-बात में प्रेरणा भरी होती है। वे जहां जाते हैं, फूल बखेरते जाते हैं। उनकी वाणी में संगीत की मधुरता भरी होती है। वे कुरूप को सुन्दर बना देते हैं। वे विरोध को मेलजोल में बदल देते हैं। वे मनुष्य के अन्दर झांककर उसके उत्तम गुणों को देखते हैं। वे लोगों को मीठे वचन कहते हैं। वे लोगों की सहायता करते हैं।

आइए, हम मुक्त-स्वभाव के बनें, विशाल हृदय वाले बनें। हम अपने हृदय के द्वार खोलें और उसमें प्रकाश और प्रेम की किरणें आने दें। हम अपने हृदय में दया-भावना कों प्रवेश करने दें। हम पतित से पतित मनुष्य को भी दया-भावना के द्वारा ऊंचा उठाएं।

सबका उदय हो, सबका भला हो, सबका कल्याण हो, सब सुखी हों– यह विशालहृदयता जिसमें आ जाती है, वह छोटे से छोटे मनुष्य में भी भगवान को देखता है। सर्वोत्तम की यह दृष्टि जिसे प्राप्त हो जाती है, उसका मनुष्यों में बड़ा प्रभाव बढ़ जाता है, वह जन-जन के हृदय में विराजमान हो जाता है।

चाहे कोई अपरिचित हो, या विदेशी ही क्यों न हो, यदि हम उससे मित्रता का बर्ताव करेंगे, तो हम उसे अपना मित्र बना लेंगे। यदि हम उन्हें जानने का प्रयत्न करेंगे, तो हम उन्हें मित्र बनाने में अवश्य सफल होंगे।

उदारहृदयता से, विशालहृदयता से हम दूसरों के प्रति सहानुभूति या हमदर्दी का बर्ताव करने लगते हैं। यदि हम दूसरों को मित्रता तथा सहायता देंगे, तो बदले में वे भी हमें मित्रता तथा सहायता देंगे।

यदि हम अपने दिल को छोटा कर लेंगे, हम संकीर्ण, क्षुद्र और स्वार्थी बन जाएंगे, तो दूसरे हमको किस तरह स्नेह कर सकेंगे!

यदि आपका स्वभाव कठोर है, तो आप से ही आप अपने अन्दर दूसरों के प्रति सहानुभूति की आदत डालना शुरू कर दीजिए। इससे आपका स्वभाव कोमल बनेगा। तब आप दूसरों की त्रुटियों और कमजोरियों को ओझल करके

उनकी सहायता किया करेंगे। तब आपका हृदय विशाल और उदार बनने लगेगा। सबका भला हो, यह भावना मनुष्य को सर्वप्रिय बना देती है। इससे मनुष्य प्रसन्नचित्त आकर्षक और सहायक बन जाता है। हरएक के लिए उदारता, स्नेह, सद्भावना और सहृदयता कितनी अच्छी बातें हैं! मनुष्य जहां जाए प्रसन्नता का प्रकाश फैलाता जाए, इससे अच्छी चीज और क्या हो सकती है! जीवन है ही कितना ? फिर क्यों न हम फूल ही बखेरते जाएं? हम दूसरों के मार्ग में कांटे क्यों बिछाएं? कबीर ने कहा है : "जो तेरे लिए कांटे बोता है, उसके लिए भी तू फूल ही बो। इससे तुझे सन्तोष मिलेगा।"

स्वार्थी और नीच बनने की अपेक्षा दूसरों के सहायक और विशालहृदय बनना कितना अच्छा है! दूसरों का हित करो और अपने मन का सन्तोष प्राप्त करो। इससे बढ़कर लाभ और क्या हो सकता है!

हम सब लोग, चाहे धनी हों या निर्धन, चाहे अपने धन्धों में सफल हों या असफल, परन्तु एक बात में हम सब सफल हो सकते हैं। वह है–दूसरों की सहायता करना, दूसरों से सदव्यवहार करना, दूसरों कों उत्साहित करना।

हरएक के कुशल-मंगल की कामना करो। हरएक के प्रति शुभ कामनाएं प्रकट करो। हरएक की अधिक से अधिक उन्नति की कामना करो। हरएक के चरित्र को उदार, ऊंचा, सुन्दर और निर्मल बनाने का प्रयत्न करो। जब सर्वोदय की कामना करोगे तो इससे तुम्हारी भी शक्ति, योग्यता तथा सामर्थ्य बढ़ेंगी। इससे तुम्हारी शारीरिक तथा मानसिक शक्तियां बढ़ेंगी।

भगवान ने मनुष्य की रचना की है। वह इसे उदात्त, महान, उदार और विशाल देखना चाहता है। व्यक्ति के स्वार्थ की भवना ही उसे तुच्छ, क्षुद्र, तंगदिल और कठोर बनाती है। दया-भावना ही मनुष्य का जन्मसिद्ध अधिकार है। दया ही सबसे बड़ी मानवता है।

प्रेम का सायन

रसायन वह औषध है जिससे मनुष्य की आयु लम्बी होती है। मनुष्य-मात्र से प्रेम की भावना रखने से मनुष्य की दीर्घ आयु होती है। प्रेम सबसे बड़ा रसायन है। भगवान अपार दयालु है। वह अपनी रचना 'मनुष्य' से प्रेम करता है। जब कोई मनुष्य, मनुष्य-मात्र से स्नेह करता है, तब उसमें भगवान की शक्ति आ जाती है। प्रेम एक ऐसा रसायन या पौष्टिक टॉनिक है जिससे मनुष्य की आयु बढ़ती है। भय, ईर्ष्या, जलन, कुढ़न और विरोध से आयु घटती है।

बहुत-से लोग जो निर्दय और कठोर समझे जाते हैं, विवाह के बाद कोमल और सहृदय बन जाते हैं, प्रेम का जादू उन्हें सुधार देता है।

जो लोग अपने प्रेम को व्यापक और विशाल बना देते हैं उनका प्रेम बड़ा पवित्र बन जाना है। वह सम्बन्धियों और मित्रों तक ही सीमित नहीं रहता। वे लोग सारी मानवता को ही अपना परिवार मानने लगते हैं। ऐसे लोगों के जीवन पाप रहित हो जाते हैं, उनकी आयु लम्बी होती है। जो लोग स्वार्थी होते हैं, निराशावादी होते हैं, जो अपने ही मतलब की बात देखते हैं, उनका जीवन कम हो जाता है। दूसरों का उपकार करने से जो आनन्द तथा बल मिलता है वह तंगदिल लोगों को नहीं मिलता।

एक माता सर्दी-गर्मी, भूख-प्यास और नींद-आराम की परवाह न करके बच्चे को पालती है। उसमें शक्ति कहां से आती है?–प्रेम से ही तो कई माताएं

बड़े-बड़े कष्ट और कठिनाइयों को झेलकर विस्तृत परिवार का पालन करती है। उनमें इतनी महान सहन- शीलता और सहनशक्ति कहां से आती है– प्रेम से ही तो। प्रेम ही वह जादू-भरी शक्ति है जिससे माता एब कष्टों को सहन कर लेती है।

माता निर्धनता, निराशा, कष्ट और दुःख को भी हंसते-हंसते सह जाती है, क्योंकि उसे बच्चे से प्रेम होता है। माता का स्नेह संसार में प्रेम का आदर्श माना जाता है। विश्व-प्रेम को यदि हम समझना चाहें तो मां के प्रेम के समान कहकर उसे समझाया जाएगा। मानवता के सब प्रकार के दुःख और संकट दूर करने की एकमात्र दवा यह है कि मनुष्य में मनुष्य मात्र के प्रति प्रेम पैदा किया जाए

मनुष्य प्रेम तब करता है जब वह उसे कर्तव्य समझता है। पति अपनी पत्नी से प्रेम करता है तो प्रेम को कर्तव्य समझता है। माता सन्तान पर स्नेह उंडेलती है, तो कर्तव्य समझकर ही।

कर्तव्य और उद्देश्य को समझने के लिए दूर जाने की आवश्यकता नहीं। आपका कर्तव्य क्या है? आप अपने हृदय को टटोलें तो वहां आपको मिल जाएगा। मैं तनिक अपने अन्दर झांककर देखूं तो मुझे अपने कर्तव्य का पता चल जाएगा। मनुष्य के अन्दर शक्तियों का असीम भंडार छिपा रहता हैं। जरा परदा हटाते ही वे शक्तियां सामने आ जाती हैं। जब मनुष्य को अपने कर्तव्य का ज्ञान हो जाता है तो उसके अन्तःकरण की शक्तियों पर से परदा हट जाता है।

हमारे मन में जो इच्छाएं उठती हैं, वे ही हमारे रचनात्मक सिद्धान्त हैं। हमारे अन्दर जो इच्छाएं पैदा होती हैं उनके बराबर काम करने की शक्ति भी हमारे अन्दर विद्यमान होती है। यदि हम इन शक्तियों को जाकर अपनी इच्छा को पूर्ण करने में नहीं लगाते, तो वे शक्तियां बेकार चली जाती हैं।

यदि आपमें स्वतन्त्रता की भावना है, तो स्वतन्त्रता को पाने और उसकी रक्षा करने की शक्ति भी आपमें अवश्य है। यह दूसरी बात है कि किसी समय वह शक्ति सुप्त हो गई हो और आपने उसे जगाने के प्रयत्न न किया हो। वह शक्ति

जब जाग्रत हो जाती हैं। तब आपको बन्धन में रखने की किसी की भी शक्ति नहीं रहती।

शुभ इच्छा को पूर्ण करने के लिए बाहरी साधन ही पर्याप्त नहीं हैं। उसके लिए आपको किसी न किसी अमर सिद्धान्त का पल्ला पकड़ना होगा। सिद्धान्त के बिना आप कभी भी अपने उद्देश्य को नहीं पा सकते। सिद्धान्त पर आप तभी दृढ़ हो सकते हैं, जब आपमें आत्मविश्वास हो। संसार के कर्ता ने आपको इच्छाशक्ति इसलिए दी है कि आप परिस्थितियों को अपनी इच्छा के अनुसार मोड़ सकें ओर अपनी दृष्टि के अनुसार उद्देश्य को प्राप्त कर सकें।

जब हम केवल इच्छा करते हैं और उसके लिए प्रयत्न नहीं करते, तब हमारी शक्तियां बेकार जाती हैं। हमें अभ्यास द्वारा लगातार अपने अन्दर की शक्तियों का विकास करते रहना चाहिए। हमारे अन्तःकरण में जो शक्तियों का भंडार जमा है।, हमें उनका प्रयोग अवश्य करना चाहिए। हमें उन शक्तियों को संगठित करना चाहिए; उनमें तालमेल या समन्वय भी स्थापित करना चाहिए। फिर उनका समझदारी से प्रयोग करना चाहिए। तभी हम अपने लक्ष्य पर निशाना लगा सकेंगे। तभी हम अपने उद्देश्य को प्राप्३त कर सकेंगे।

अपने लक्ष्य पर दृष्टि एकटक गड़ाए रखिए। अपने हृदय, हाथ और मस्तिष्क को काम में लाइए। अपने विश्वास को दृढ़ रखिए। अपने निश्चय में कमी मत आने दीजिए। धैर्य को हाथ से मत छोड़िए। विशेष बुद्धि वालों के यही विशेष गुण है। अन्त तक बिना थके अपने पथ पर चलते जाइए।

हर जगह लोग प्यार के भूखे और स्नेह के प्यासे हैं। वे आपसे उत्साह और प्रेरणा पाने को उत्सुक हैं। उन्हें निराश मत कीजिए।

संसार में धनी बहुत हैं। उनके पास सब कुछ है, पर वे भी आपके प्यार के भूखे मिलेंगे। वे भी आपसे स्नेह पाना चाहेंगे। बड़ी-बड़ी जमींनों से, महलों से, मोटरों और कोठियों से स्नेह की भूख नहीं मिटती। पैसे से आप सब कुछ खरीद सकते हैं, पर प्यार नहीं। प्रेम सबसे ऊंची वस्तु है।

प्रेम की कोई सीमा नहीं। वह असीम है। यदि वह संबंधियों और मित्रों तक ही सीमित है, तो वह सच्चा प्रेम नहीं। वह तो स्वार्थ है। ईसामसीह का प्रेम सीमित न था। गांधीजी के प्रेम सीमा से बंधा हुआ न था। सच्चा प्रेमी जितना अपने बच्चे पर दयालु होता है, उतना ही गली के भिखारी पर भी दयालु होता है। सच्चा प्रेमी आंधी की तरह नहीं आता, मूसलाधार की तरह नहीं बरसता। वह तो शीत में सुखदायी धूप की तरह या घास में रिमझिम की तरह आनन्ददायी होता है। सच्चा प्रेम शब्दों तक सीमित नहीं रहता, बल्कि वह कर्म में प्रकट होता है।

प्रेम के द्वारा बुरे से बुरे मनुष्य के हृदय को बदला जा सकता है। दण्ड, क्रूरता, धमकियां और अत्याचार जो काम नहीं करवा सकते, वह प्रेम करवा सकता है।

अपने-आपको भूल जाइए। जब तक आप अपने अहंकार को नहीं भूलते, तब तक आप सच्चा प्रेम नहीं कर सकते और न कोई बड़ा काम ही कर सकते हैं। बहुत-से लोग आत्माभिमान का अर्थ अहंकार समझते हैं। और उनसे अहंकार एक रोग की तरह चिपट जाता है। वे अपने व्यक्तित्व के सिवा, स्वार्थ के सिवा और कुछ सोच ही नहीं सकते। वे अपने पर ही मुग्ध हो जाते हैं। वे यही सोचते रहते हैं कि उनका स्वार्थ कैसे पूरा हो।

जब तक मनुष्य के विचार अपने तक ही सीमित हैं, तब तक वह कभी उन्नति नहीं कर सकता। जो सदा स्वार्थ की ही बात सोचता है, वह शीघ्र ही सूख जाता है। स्वार्थी कभी नहीं बढ़ते, कभी नहीं उन्नति करते, कभी विकास को प्राप्त नहीं करते।

अहंकार को त्यागकर ही मनुष्य ने अमर कार्य किए हैं। सबसे उत्तम प्रार्थना-मौन प्रार्थना है, जो अन्त: करण से की जाती है। वह अहं से रहित होती है; वह अवश्य सुनी जाती है।

मानव की सफलता की कसौटी है उसका दैनिक जीवन। क्या वह वास्तव

में जीवित है? अथवा क्या उसके व्यक्तित्व का प्रत्येक अंश प्रयोग न होने से मृत की तरह हो चुका है?

यदि मनुष्य के पास लाखों रुपये हों, परन्तु उसमें मनुष्यता का अधिकांश मर चुका हो, तो उसे जीवित नहीं कह सकते। यदि मनुष्य के अन्दर अच्छे व्यक्तियों तथा अच्छे पदार्थों के प्रति प्रेम न रहा हो, यदि उसमें सभ्यता और संस्कृति के लिए प्रेम न रहा हो, तो उसे आप जीवित कैसे कहेंगे?

अपने बच्चों का ध्यान रखिए कि वे सत्य से प्रेम करना सीखें। वे आत्मविश्वासी, दृढ़, उत्साही एवं स्वतन्त्र बनें। यदि उनमें ये गुण होंगे तो वे न केवल अपनी सहायता करेंगे, बल्कि औरों की भी सहायता करेंगे।

कुछ धनी लोग अपने बच्चों को शिक्षा दिलाने और गुणी बनाने की आवश्यकता नहीं समझते, पर उनको विदित नहीं कि उनके लाखों रुपये भी उनके बच्चों का जीवन नहीं बना सकते। स्थिरता, धैर्य, चरित्र, उत्साह और प्रेम के अभाव में करोड़ों रुपये होने पर भी किसी का जीवन कभी उत्तम नहीं बन सका।

इसका अर्थ धन की निन्दा करना नहीं है। इसका तात्पर्य यह है कि हमें अन्य गुणों के विकास पर भी पूरा बल देना चाहिए।

मस्तिष्क का संतुलन

अपना दिमाग ठीक रखिए। अपना मस्तिष्क सन्तुलित रखिए। प्रायः बहुत-से लोग तनिक-सी बात पर अपने मस्तिष्क का सन्तुलन खो बैठते हैं। जब दूसरे मनुष्य भड़क उठें, अपने मस्तिष्क की समता और स्थिरता खो बैठें, उस समय जो अपने मस्तिष्क का ठीक सन्तुलन रखता है, वह श्रेष्ठ मनुष्य है। विपत्ति और संकट ही तो मस्तिष्क के सन्तुलन की कसौटी हैं। ऐसे अवसर पर जा शान्त चित्त से और स्थिर मन से चिन्तन और कार्य करता है, वह संकट से जूझने में सफल होता है। वह विपत्ति के समुद्र को हंसते-मुस्कराते पार कर जाता है। उस व्यक्ति पर आप बड़ी से बड़ी जिम्मेंदारी का काम डाल दें, उसे वह पूरा निभा जाएगा।

सन्तुलित मस्तिष्क वाले व्यक्ति में कुछ ऐसी श्रेष्ठता और उत्तमता होती है कि उसके सम्मुख हमारा सिर अपने-आप झुक जाता है। कारण यह है कि वह विपत्ति के समय शान्त रहता है। वह स्थिर रहता है। वह गर्म नहीं होता। वह क्रोध या उत्तेजना में नहीं आता। उसमें जोश का उबाल नहीं आता।

हर प्रकार की परिस्थितियों में मस्तिष्क का सन्तुलन रखना एक भारी गुण है। इससे प्रकट होता है कि उस व्यक्ति में सुरक्षित शक्ति कितनी अधिक है। उसमें आत्मसंयम कितना अधिक है। उसका अंग-अंग उसके वश में है।

सर्दी-गर्मी और आंधी-पानी में जो स्थिर रहता है, वह हिमालय के समान महान है। उसके गौरव के आगे सब नमस्कार करते हैं। कहा भी है: "सम्पत्ति

और विपत्ति में महान लोग एकरूप रहते हैं" नवयुवकों के लिए शान्तचित्त होना एक कठिन बात है, और कई बार इसे यौवन का चिह्न समझा जाता है। परन्तु बददिमाग होना या जल्दी उत्तेजित होना अच्छी बात नहीं है।

जिस समय भड़काने के साधन हों, उत्तेजना के कारण हों, आर्थिक कठिनाइयां आ पड़ी हों, या कोई हानि हो गई हो, उस समय शान्तचित्त रहना कठिन है। ऐसे समय कोई बिरला ही स्थिर रह पाता है। परन्तु जो ऐसे समय धैर्य रखता है, उसकी बढ़ी प्रशंसा होती हैं पंचतन्त्र में लिखा है–"सम्पत्ति मिलने पर जो हर्ष में आपे से बाहर नहीं हो जाता, विपत्ति आने पर जो विकल होकर रोने नहीं लगता, युद्ध आ पड़ने पर जो कायर नहीं हो जाता, ऐसे, त्रिलोक में, शिरोमणि पुत्र को पैदा करके माता धन्य हो जाती है।

महान पुरुष परिस्थितियों के अनुकूल तुरन्त ही अपने-आपको ढाल लेता है। घाटा पड़ जाना, उद्योग में असफल हो जाता, परीक्षा में फेल हो जाना,या कोई संकट आ पड़ना-इन सब बातों से महान पुरुष का मन विचलित नहीं होता। वह अपने पैरों पर खड़ा रहता है; वह भागता नहीं। वह पलायन में विश्वास नहीं रखता। वह परिस्थिति का डटकर मुकाबला करता है। वह अपने मस्तिष्क का सन्तुलन नहीं गंवा बैठता। अन्त में वह विजयी होता है। सन्तुलित मस्तिष्क वाला व्यक्ति अच्छा निर्णय करता है। उसके भिन्न-भिन्न गुणों में ऐसा तालमेल होता है कि वे आपस में मिलजुलकर उसकी सहायता करते हैं। उसका यह गुण उसके जोश और उत्साह की शक्ति को बढ़ाता है। वह उसे क्रोधित, अधीर या हताश नहीं होने देता।

जिस तरह एक उत्तम यन्त्र में हरएक पुर्जे का आकार उचित होता है, उसी तरह एक सन्तुलित मस्तिष्क वाले व्यक्ति का हर-एक गुण उचित मात्रा में विकसित हुआ होता है। उसकी शक्ति यदि सेर-भर होगी, तो उसका जोश भी सेर-भर होगा।

युवकों में व्यापार के लिए उत्तम मस्तिष्क वाला युवक प्राप्त करना बड़ा

कठिन है–ऐसे मस्तिष्क वाला युवक, जो किसी भी बात की ऊंच-नीच को भली भांति तोलकर फिर कोई निर्णय करता है, हर जगह सम्मान पाता है।

जब मस्तिष्क सन्तुलित होता है, जब चित्त एकाग्र होता है, तब निर्णय स्पष्ट होता है। तब निर्णय एक तरफ को झुका हुआ नहीं होगा। तब मस्तिष्क कोई भी निर्णय- दुर्बलता, हठ, दुराग्रह, पूर्वाग्रह या अन्धविश्वास से नहीं करता।

बहुत-से व्यक्तियों को ऐसा प्रशिक्षण नहीं मिला हुआ होता। उन्हें इस बात की ट्रेनिंग देनी पड़ती है कि मनुष्य अपने मस्तिष्क का सन्तुलन कैसे रखे। और यह ट्रेनिंग छोटी आयु में ही शुरू होनी चाहिए।

मस्तिष्क की स्थिरता और शान्तता शक्ति का चिह्न है। यह मानसिक समरसता का परिणाम है। जिसका मन समरस है, उसे बड़ी से बड़ी विपत्ति भी डाबाडोल नहीं कर सकती। उसके कदम मजबूत होते हैं। उसे आंधी का एक ही झोंका उड़ाकर नहीं ले जाता। एक अच्छे विकसित पेड़ की सभी शाखाएं समान रूप से पुष्ट होंगी। उनमें एकसमान फूल और फल लगेंगे। इसी प्रकार सन्तुलित मस्तिष्क वाले व्यक्ति के हरएक गुण का विकास एक दूसरे के तालमेल से होगा।

एक समरस, शान्त, स्थिरचित्त डाक्टर या सर्जन अधिक सफल होता है। एक सन्तुलित मस्तिष्क वाला विद्यार्थी, अध्यापक और नेता अधिक सफल होता है। समरस मन वाला व्यक्ति अपने मस्तिष्क को सन्तुलित रखता है। वह अपनी योग्यताओं और गुणों को एक समान बढ़ाता है। मान लीजिए, कि मनुष्य का सिर उसके और अंगों के अनुपात से बहुत बड़ा हो तो, क्या उसे आप सुन्दर कहेंगे? इसी तरह जिसका मस्तिष्क जल्दी गर्म हो जाता है उसे श्रेष्ठ नहीं कह सकते।

शान्त मस्तिष्क ठीक अनुमान करता है। वह सही अन्दाज लगा लेता है कि आगे क्या होगा। फिर वह उसका उपाय करने में जुट जाता है। उसकी योग्यताओं में आपस में समरूपता होती है।

अधिक बोलना, अधिक गर्व करना, ज्यादा जोश दिखलाना कोई ताकत की निशानी नहीं है। वैज्ञानिकों का कहना है कि संसार की सर्वोत्तम शक्तियां

शब्दहीन है। जो ध्यान से सुनता है, वह गलत नहीं सुनता। जो एक ही शब्द सुनकर मशीन की तरह बोलने लगता है, वह गलता काम करता है। कहावत है–'थोथा चना बाजे घना।'

जो सबल है, गुणी है, योग्य है, वह सागर की तरह गंभीर होता है। वह छोटी-छोटी बातों से नहीं भड़क उठता। वह जल्दी जोश या क्रोध में नहीं आता। उसके चिन्तन में स्थिरता होती है। इसी तरह उसके यत्न, चेष्टा और उसके कार्य में भी स्थिरता होती है।

यदि आप अपने समाज में श्रेष्ठ पुरुषों का निर्माण करना चाहते हैं तो आपको हरएक व्यक्ति को यह सिखलाना होगा कि वह अपनी शक्तियों को सुरक्षित रखे। जो व्यक्ति अपनी शक्तियों को व्यर्थ नहीं बह जाने देता, वह हर बात की ठीक नाप-तौल करता है। उसके हरएक काम में तालमेल होता है। उसकी चेष्टाओं में समरसता होती है। उसकी चाल में लय-ताल होती है। उसे जिस तरफ से देखो, वह सुन्दर दिखाई देगा। वह पूर्ण दिखाई देगा। वह महान दिखाई देगा। वह विराट दिखाई देगा।

हमारा उद्देश्य यह न होना चाहिए कि हम अपने को सर्वोत्तम कलाकार या राजनीतिज्ञ बनाएं। हमारा उद्देश्य यह होना चाहिए कि हम अपने को सर्वोत्तम मानव बनाएं।

मस्तिष्क का सन्तुलन प्रतिभा या विशेष बुद्धि से भी बढ़कर गुण है। यह गुण अन्य सब गुणों को बढ़ाता है, उनमें समन्वय लाता है। और समय-समय पर उनसे ठीक काम लेकर मनुष्य को सच्चे अर्थों में महान बनाता है।

हमारी सभी योग्यताओं का आपस में बड़ा घनिष्ट सम्बन्ध है। यदि हम मस्तिष्क की निर्णय-शक्ति को बढ़ाते हैं, तो हमारे अन्य सभी गुणों और कार्यशक्तियों को उससे बल मिलता है।

संसार-भर में सन्तुलित मस्तिष्क वाले लोग बहुत कम मिलते हैं। वे सदा ही किसी समाज की विभूति होते हैं। बहुत-से महान लोगों का जीवन इसलिए

बिगड़ जाता है कि उनमें विवेक-शक्ति नहीं होती। उनमें स्थिरता और धीरता का अभाव होता है।

जिसकी यह प्रसिद्धि हो कि वह तनिक-सी बातों से चिढ़ जाता है या जोश में आ जाता है।, तो उसका भरोसा लोग कम ही करते हैं। इससे उस व्यक्ति की उन्नति में भारी बाधा आ जाती है।

आपके देश में ऐसे बहुत-से लोग दिखाई देंगे, जिनकी महान आकांक्षाएं थी; परन्तु कार्य में नियम और क्रम न रखने के कारण उनकी सारी योजनाएं नष्ट हो गई। आज उन्हें हम गिरी-पड़ी हालत में देखते हैं।

कर्मचारी जब अपने में से किसी को एकदम बहुत ऊंचे पद पर पहुंचते हुए देखते हैं तो आश्चर्य से कहा करते हैं: "उसमें योग्यता तो हमसे कम ही है।" परन्तु उन्हें पता नहीं कि उस व्यक्ति की उन्नति का कारण है–उसकी समझदारी, विवेक, निर्णय करने की योग्यता, और सन्तुलित मस्तिष्क। व्यावहारिक जीवन में समझदारी और सन्तुलन का बढ़ा महत्त्व है।

जो मनुष्य जरा-सी बात पर चिन्ता करने लगता है।, कुढ़ने लगता है, या क्रोध में आ जाता है। वह अपनी ही दुर्बलता प्रकट करता है। इससे स्पष्ट हो जाता है कि उस मनुष्य को न तो अपनी शक्तियों का ज्ञान है और न उसमें आत्संयम है। जो मनुष्य अपने-आपको वश में नहीं रख सकता, वह दूसरों को भी वश में नहीं रख सकता। उसे किसी भी क्षेत्र में नेता नहीं बनाया जा सकता।

एक सन्तुलित मस्तिष्क वाले व्यक्ति में आत्मसम्मान अवश्य होगा। वह अस्थिर नहीं होगा। वह सन्देह, चिन्ता, भय आदि में नहीं फंसेगा। उसमें आत्मविश्वास होगा कि मैं अवसर की आवश्यकताओं के अनुसार अपने-आपको ढालकर काम को अवश्य पूरा करुंगा। उस व्यक्ति में मानसिक सन्तुलन होगा। वह हर बात की और हर काम की नाप-तौल करके परख कर लेगा।

मस्तिष्क का सन्तुलन और ईमानदारी–इन दो गुणों के आधार पर ही व्यापार में या कार्यालय में आपका दर्जा निश्चित होता है। इन्हीं गुणों के आधार पर ही

आपकी तरक्की होती है। ये दोनों गुण आपमें जब बहुत उन्नत दशा में होंगे, तो आप अवश्य ही अधिकारी, अफसर नेता या महान पुरुष बन जाएंगे।

हरएक बात को बारीकी से देखो, परखो, उसकी छानबीन करो, उसकी परीक्षा करो, उसे समझो। उस बात की अच्छाई-बुराई पर विचार-विमर्श करो। इससे निर्णय-शक्ति हजारों गुना बढ़ जाएगी। इससे आपकी कार्य-शक्ति बढ़ जाएगी।

हर साल हजारों छात्रों की भीड़ स्कूल और कालेजों से बाहर आती है। उनमें से अधिकांश केवल पुस्तकों का ही ज्ञान रखते हैं। व्यवहार में उस ज्ञान का प्रयोग करना कम लोगों को ही आता है। शिक्षा में इस प्रकार का परिवर्तन होना चाहिए जिससे बालक शुरू से ही जो कुछ पढ़े उसका व्यावहारिक प्रयोग प्रैक्टिकल करता जाए।

सन्तुलित मस्तिष्क वाला व्यक्ति कभी असफल नहीं होता। यदि कभी उससे भूल भी हो जाती है, तो वह तुरन्त संभल जाता है। परन्तु अच्छी से अच्छी प्रतिभा वाला व्यक्ति भी निर्णय की शक्ति या विवेक न होने से गड्ढे में जा गिरता है। वह फिर उठ नहीं सकता, क्योंकि उसके पास अपने-आपको तुरन्त सुधारने की शक्ति नहीं होती।

जो मनुष्य अपने निश्चित किए काम को अवश्य करता है, मन में आए, आलस्य को ठुकरा देता है, लगातार अपना काम करता चला जाता है। वह अवश्य सफल होता है। वह काम को प्रधान समझता है, न कि अपने सुख-आराम को।

उपनिषदों में कहा है कि काम दो प्रकार के होते हैं–श्रेय और प्रेय। श्रेय काम श्रेष्ठ होते है। और उनसे उन्नति होती है। प्रेय काम मन को प्रिय लगते हैं, परन्तु उनसे भविष्य बिगड़ जाता है। एक उदाहरण लीजिए–एक विद्यार्थी की परीक्षा सिर पर आ गई है। परीक्षा में सम्मान-सहित उत्तीर्ण होना उसका श्रेय है। और आराम से सोना उसका प्रेय। यदि वह प्रेय के पीछे लगता है तो वह असफल हो जाता है। उस असफलता के कारण न केवल उसे निराश होना पड़ता है, बल्कि अपमानित और लांछित भी होना पड़ता है।

मनुष्य की सफलता के लिए उत्साह एक आवश्यक बात है। इसके बिना सफलता नहीं मिलती। पर यदि उत्साह सन्तुलित न हो तो उसे अंधा जोश कहेंगे। उत्साह यदि नियम और अनुशासन में बंधा हुआ हो, तो वह कार्य-कारी होता है। वीरता एक महान गुण है, परन्तु उसकी विजय तभी हो सकी है जब उसका सूझबूझ और अनुशासन से प्रयोग किया जाए।

ऊंचे दर्जे की योग्यताएं भी, सन्तुलन न होने से, मनुष्य के जीवन को नष्ट कर सकती हैं। उदाहरणतया, बहुत अधिक दान करने से मनुष्य आप दरिद्र हो जाता है।

उद्दण्ड व्यक्ति संकीर्णहृदय होते हैं। उनमें विशालता नहीं होती। उनमें सहानुभूति नहीं होती। उनमें उदारता नहीं होती। उनमें दूसरे का दृष्टिकोण समझने का धैर्य नहीं होता। वे यह कभी मान ही नहीं सकते कि उनसे भूल भी हो सकती है। सत्य जानिए संसार की अधिकतर दुर्घटनाएं ऐसे लोगों के हाथों होती हैं।

बहुत-से लोग अपने किसी विचार या मत को सदा दूसरों पर ठूंसने का यत्न किया करते हैं। दूसरे चाहें या न चाहें, वें अपने विचार का बखान अवश्य करेंगे। वे हठ करेंगे। वे हठ करेंगे कि उनका मत ही ठीक है। वे कहेंगे कि उनके मत से अच्छा मत और हो ही नहीं सकता। वे अपने मत को बदलने के लिए या उसमें थोड़ा-बहुत परिवर्तन के लिए कभी तैयार न होंगे। ऐसे हठधर्मी व्यक्तियों से लोग दूर भाग जाते हैं।

मनुष्य में समझदारी की आवश्यकता है। साधारण ज्ञान की आवश्यकता है। निर्णय करने की शक्ति की आवश्यकता हैं। इस बात की भी अवश्यकता है कि वह जल्दी न भड़क उठे, शीघ्र उत्तेना या क्रोध में न आ जाए। इस बात की नितान्त आवश्यकता है कि वह संकट आने पर घबरा न जाए, और अपने विवेक से काम ले। किसी ने ठीक ही कहा है : "विवेकी मनुष्य कर्म और अकर्म, कर्तव्य और अकर्तव्य के निर्णय में कभी आलस्य नहीं करता, जैसे दूध और पानी को अलग-अलग करने में हंस कभी आलस्य नहीं करता।"

कर्मचारियों से काम लेने का ढंग

कुछ पौधे इस तरह के होते हैं जो अपने पड़ोस में अन्य किसी प्रकार के पौधों को नहीं उगने देते। वे जहां उगते हैं, उस जमीन को इस तरह विषैली बना देते हैं कि वहां पर जो पौधे पहले से उगे हुए हों, वे भी ठूंठ हो जाते हैं।

इसी प्रकार कुछ मालिक या अफसर अपने आसपास का वातावरण इस तरह का बना डालते हैं कि उनके अधीन काम करने-वाले अन्य लोग निकम्मे बन जाते हैं। उन्हें देखते ही कर्मचारियों के प्राण सूखने लगते हैं। कर्मचारियों को ऐसा प्रतीत होने लगता है कि उनका दम घुटा जा रहा है, उन्हें कुचला जा रहा है। इस प्रकार के मालिक या अधिकारी अपने अधीन कर्मचारियों को डरा-धमका सकते हैं, परन्तु उनसे अच्छा काम कभी नहीं ले सकते, और न उनसे सच्चा सम्मान ही प्राप्त कर सकते हैं।

बहुत-से मालिक या अधिकारी अपने कर्मचारियों का उत्साह नष्ट करने में बड़े कुशल होते हैं। उनको दूर से देखते ही कर्मचारी त्रस्त हो जाते हैं। और अपनी सारी कार्यकुशलता भूल जाते हैं। ऐसे मालिकों या अधिकारियों की उपस्थिति में काम करना कर्मचारियों के लिए बड़ा कठिन हो जाता है।

कुछ लोग काम लेने का यही तरीका उचित समझते हैं कि कर्मचारियों से कठोर बर्ताव किया जाए; परन्तु उन्हें पता नहीं कि कठोर व्यवहार, डांट-डपट और अकारण दोष निकालते रहने से कर्मचारियों के व्यक्तिगत गुण, आशा और

उत्साह नष्ट हो जाते हैं, उसकी उमंग ठंडी हो जाती है।

बहुत-से स्वामी और अधिकारी यह समझते हैं कि कर्मचारियों की प्रशंसा कभी न करनी चाहिए। वे इसे सिद्धान्त बना लेते हैं। प्रशंसा का अवसर होने पर भी वे प्रशंसा नहीं करते। वे दोष ढूंढ़ निकाले में ही अपनी खूबी समझते हैं। लेकिन इस तरीके से बढ़कर काम लेने का दूसरा बुरा तरीका नहीं है। काम लेनेवालों को समझना चाहिए कि कुछ लोग केवल सराहना के लिए जीते हैं। उचित और सामयिक सराहना के बिना वे अच्छा काम कर ही नहीं सकते। सराहना से उन्हें काम के लिए प्रेरणा और उत्साह प्राप्त होता है।

जब एक कर्मचारी अपने अधिक से अधिक प्रयत्न द्वारा अच्छे से अच्छा काम कर रहा हो, तब उसकी सराहना न करना अनुदारता है। इससे काम अवश्य ही बिगड़ता है।

बहतु-से लोग जरा-सी सराहना पाकर ही सर्वोत्तम कायकर्ता बन गए। जरा-सी प्रशंसा से अनेकों के जीवन बदल गए। यदि आप अपने मधुर शब्द या छोटे-से पत्र द्वारा किसी से हृदय को ऊंचा उठाते हैं या उसे कार्य के लिए प्रोत्साहन देते हैं, तो आप निस्सन्देह अच्छा काम लेने की योग्यता रखते हैं। आपको काम समय पर और सही मिलेगा।

जब हमारी योग्यता, कार्यशक्ति या कार्यकुशलता की कोई बड़ाई करता है तो हमें बड़ा सुख मिलता है। तब हमें अपने बारे में और अपने काम के बारें में सोचने का मौका मिलता है उस समय हमें अपने भविष्य के बारे में, अपनी सफलता के बारे में आशा हो जाती है। तब हम और भी अच्छा काम करके दिखाने का प्रयत्न करते हैं।

कर्मचारियों की कार्यकुशलता का आधार उत्साह है। उत्साह से ही काम की लगन लगती है। जब लगन लगती है तो मनुष्य उसके उपाय सोचता है। इससे उसमें मौलिकता आती है। तब वह रचना-कुशल बन जाता है। वह उस काम की विशेषता प्राप्त करने का प्रयत्न करता है। अनुचित रूप में दबाने और

कुचलने से कर्मचारी की मौलिकता मारी जाती है। उसकी लगन उखड़ जाती है। वह निरन्तर काम में न लगा रहकर एक घबराहट की दशा में रहता है। फिर उसकी सफलता कठिन हो जाती है। चाहे खेत की उपज का काम हो, या कारखाने के उत्पादन का, सेना का काम हो या कार्यालय का, मण्डी का काम हो या दुकान का, सब जगह अपने अधीन काम करनेवालों का उत्साह बढ़ाइए। उत्साह और आशा से ही सब प्रकार का उत्पादन बढ़ता है।

कार्यकर्ताओं के दोष ही देखते रहने की नीति से कभी लाभ नहीं होता। इसमें आपकी शक्ति ही नष्ट होती है।

त्रस्त करने, डांटने, त्रुटियां निकालने और दोष ढूंढ़ने की आवश्यकता नहीं। यदि आप उनके व्यक्तित्व का उचित सम्मान करते हुए उन्हें ठीक तरीका बतलाते हैं और साथ ही उनको उत्साह देते हैं, तो कर्मचारी आपको अच्छा काम देंगे और आपका सम्मान करेंगे।

बीते दिनों का भूत

बीते दिनों का भूत कइयों के जीवन की शक्ति को खाता रहता है। उस भूत को निकट मत आने दो। 'हाय, वह मौका चूक गया', 'यह करता तो आज न जाने कहां होता,' आदि निराशा की बातें बेकार हैं। मनहूस बनने से कभी कोई लाभ न होगा। कहा भी है:

'बीती ताहि बिसारि दे

आगे की सुध लेय।'

गड़े मुर्दे उखाड़ने से क्या बनेगा? जो बीत गई, सो बीत गई उसकी छाया मस्तिष्क पर मत रखो। उसका बोझ मन पर मत पड़ने दो बीती हुई बुरी घटनाओं की छाया भी अपने आज के काम पर मत पड़ने दो। उसे भूल जाओ। नये और ताजे होकर उत्साह से अपने वर्तमान काम लग जाओ।

बहुत-से लोग सदा दुर्भाग्य का ही रोना लेकर बैठे रहते हैं। वे अपने साथ भारी शत्रुता करते हैं। यदि दूघ उबलकर निकल गया है, तो उठकर और दूध लाइए; ओह-ओह करते रहने से क्या मिलेगा?

निराशा में पड़े रहने से वह बड़ी बलवान हो जाती है। वह फिर रोम-रोम से, सांस-सांस से प्रकट होने लगती है। इसके भंवर में पड़ा मनुष्य काम करने योग्य नहीं रहता। निराशा की मांद में घुसकर आप काम नहीं कर सकते, क्योंकि वहां प्रकाश या आशा की एक किरन भी नहीं घुस सकती।

संसार-भर में कहीं भी चले जाइए, आप जैसा बीज बोएंगे, वैसा ही फल

पाएंगे। इसी प्रकार जैसे आप अपने मन में विचार बोएंगे, आपके कार्य भी वैसे ही होंगे ओर फल भी वैसे ही होंगे। अपने अन्तःकरण में शुभ आशा के बीज बोइए।

जो स्त्री-पुरुष अपनी शक्तियों को शिकायतों में, परिस्थितियों को कोसने में, भाग्य को बुरा कहने में खर्च कर डालते हैं, वे अपने साथ न्याय नहीं करते। वे कहते हैं: "संसार में कहीं न्याय नहीं; योग्यता की कहीं कद्र नहीं; माना खराब है; संसार का ढंग बुरा है-आदि।" ये सारी बातें छोटे मन और अविकसित मस्तिष्क की है। विशाल मन वाले और विकसित मस्तिष्क वाले लोग इस प्रकार की तुच्छ और व्यर्थ बातों में अपना असमय नहीं गंवाते। उनके कार्य में यदि कोई बाधा आती है, तो वे अपने प्रयत्न को दुगुना कर देते हैं। बस, वे बाधा को पार कर जाते हैं। संकट उनका कुछ नहीं बिगाड़ सकता। उनके काम कभी नहीं रुकते।

जो मनुष्य सदा ही भाग्य को कोसता रहता है, लोग उसकी सहायता करना बन्द कर देते हैं। जो सदा निराश होकर रोता रहता है, लोग उसके पीछे उसका उपहास करने लगते हैं। बहुत–से मालिक या अधिकारी ऐसे निराशावादी आदमी को काम पर नहीं रखते। कम योग्यता वाले व्यक्ति को भी काम जल्दी मिल जाता है, पर निराश को काम मिलना कठिन हो जाता है। लोगों के पास व्यर्थ का रुदन सुनने का समय नहीं है। जो अपने को दुर्भाग्य का शिकार कहकर काम पाना चाहता है, उसे बहुत कम सफलता मिलती है।

मनुष्य जब बहुत प्रसन्नता से काम करना है, तब वह सर्वोत्तम काम कर पाता है। मानव का यही स्वभाव है दुःखी, चिड़चिड़ा, निराश और भाग्य को कोसने वाला अच्छा काम नहीं कर सकता। उसके रास्ते में भूतकाल का भूत रुकावट डालता है।

जब मन प्रसन्न हो, सौम्य हों, स्थिर हो, चिन्ता रहित हो, निर्भय हो–तब मनुष्य अपनी सर्वोत्तम अवस्था में होता है। और उसका काम भी सर्वोत्तम अवस्था में होता है।

यदि एक मनुष्य अपनी बरसों की कमाई को बैंक से निकालकर सड़क पर फेंक दे, तो उसे क्या आप समझदार कहेंगे? इसी प्रकार जो मनुष्य वर्षों की आशा और प्रयत्न को निराशा की बहक में छोड़ देता है, उसे समझदार कैसे कहा जा सकता है? पंचतन्त्र में कहा है:

"निम्न कोटि के निराशावादी लोग काम को आरम्भ ही नहीं करते; वे सोचते हैं कि विघ्न आ पड़ेंगे। मध्यम कोटि के लोग काम करते रहते हैं, परन्तु विघ्न आने पर बीच में ही छोड़ देते हैं। उत्तम कोटि के लोग काम को आरम्भ करते हैं, बाधा आने पर उसका मुकाबला डटकर करते हैं और अन्त तक उत्साह से कार्य करते रहते हैं। दृढ़ आशा के बल पर वे विजयी होते हैं।"

निराशा की बात छोड़िए। दुर्भाग्य की कहानियां बन्द कर दीजिए। अपने भाग्य को कोसना त्याग दीजिए। फिर आपके जीवन के सितार से मधुर, सुन्दर और मनमोहक रोग निकलने लगेगा। उस रोग में ईश्वरीय संगीत प्रकट होगा। तब आपकी प्रत्येक काम में सफलता होगी।

सफलता और असफलता

बहुत-से लोग सफलता के पास पहुंचकर काम छोड़ देते हैं। यदि वे जरा-सा और धैर्य रखकर कार्य करते, तो अवश्य सफल हो जाते। उन्होंने महान उत्साह से काम शुरू किया था, पर सफल होने के कुछ ही समय पहले उन्होंने काम छोड़ दिया। ऐसे लोग परिश्रमी, ईमानदार उत्साही और कुशल तो होते हैं, उन्हें अवसर भी अच्छे मिलते हैं, फिर वे सफल क्यों नहीं होते? उनमें निरन्तर काम करने की लगन और साहस की कमी होती है। व काम करते-करते सफलता के द्वार तक पहुंचकर आगे बढ़ना बन्द कर देते हैं। वे पीछे लौट आते हैं। वे अपने लक्ष्य तक नहीं पहुंच पाते। वे अपने उद्देश्य को नहीं प्राप्त कर सकते। यदि वे कुछ पग आगे बढ़ाते, थोड़ा-सा प्रयत्न और करते तो अवश्य सफल हो जाते।

जीवन में जिसे आप सबसे सफल मनुष्य समझते हैं, उससे प्रश्न पूछिए। वह आपको बताएगा कि काम करते हुए उसने कभी भी यह अनुभव न किया था कि 'मैं बहुत काम कर चुका हूं।' वह तो लगातार काम में लगन से जुटा रहा। बाधाएं आईं। वह और भी तेजी से पग आगे बढ़ाता हुआ निरन्तर चलता रहा। बस, एक दिन उसे स्वयं आश्चर्य हुआ कि अकस्मात् उसने अपना लक्ष्य पा लिया। किसी कवि ने ठीक ही कहा है: "सिद्धि तो है चरणदासी।" जो लगातार आगे ही चरण बढ़ाता चलता है। सिद्धि अर्थात् सफलता उसके चरणों को पूजती है।

योग्यता या गुणों के कारण अधिक लोग असफल नहीं होते। अधिक लोग लगातार काम न करने से असफल होते हैं। जब बाधाएं आती हैं, तो बड़ी सामर्थ्यवाले भी काम बीच में ही छोड़ देते हैं और असफल हो जाते हैं।

बहुत-से लोग कहा करते हैं : "उस काम के लिए मैं सब कुछ लगाने को तैयार हूं।" वे बढ़े जोश और उत्साह से काम भी आरम्भ कर देते हैं, पर वे निरन्तर तन-मन से लीन होकर काम करने का महत्त्व नहीं जानते। वे जल्दी का और निकट का मार्ग ढूंढ़ते रहते हैं। वे मेहनत से, प्रयत्न से, उद्योग से कतराते हैं। वे अपने आराम में कमी नहीं करना चाहते। वे भाग्य खुलने की–लाट्री निकलने की प्रतीक्षा करते रहते हैं। वे इस प्रकार जीवन के बहुमूल्य वर्ष यों ही गंवा देते हें।

कुछ लोग ऐसे होते हैं जो काम करने का ढंग जानते हैं। वे हर तरह की कठिनाइयों ओर बाधओं से निकलकर अपने काम को पूर्णता तक पहुंचाकर कहीं दम लेते हैं। यह गुण उनकी दृढ़ता का चिह्न है। यह उनकी रचनात्मक योग्यता का प्रतीक है। वे जिस काम में हाथ डालते हैं, उसमें ऐसे तन-मन-धन से जुट जाते हैं कि सफलता उनके चरणों को पूजने लगती है।

जन्म से ही नेता

जब आप किसी कारखाने या मिल में जाते हैं, जहां हजारों लोग काम करते हैं, तो वहां की हलचल देखकर आपको अचम्भा होता है। आप सोचेंगे कि ये हजारों मनुष्य किस तरह आपस में तालमेल से काम करते हैं? इसका उत्तर आपको तब मिलात है जब आप कार्यालय में बैठे उनके नेता को देखते हैं। वह अपनी कुर्सी पर बैठा होगा। वह चुपचाप, शांत बैठा होगा। वह सन्तुलित मस्तिष्क का व्यक्ति होगा। वह बहुत कम बोलेगा। जब बोलेगा, काम की बात बोलेगा। यही वह व्यक्ति है, जो हजारों को अनुशासन में चलाता है। वह सब कर्मचारियों का प्रधान है। वह केन्द्र या धुरी है, जिसके चारों ओर सारे काम का चक्र घूमता है।

नेता में सबसे बड़ा गुण संगठन का गुण होता है। वह मनुष्यों को देखते ही उनके बारे में सब कुछ जान लेता है। वह यथार्थ रूप में जान लेता है कि किससे क्या काम लेना है। वह कार्यकर्ताओं की सही नाप-तौल और परख कर लेता है। वह उनके उचित स्थान का शीघ्र ही निश्चय कर लेता है।

कुछ लोगों के स्वभाव में ही नेतृत्व होता है। वे जन्म से ही लीडर होते हैं। वे जानते हैं कि आज्ञा कैसे देनी है, दूसरों को वश में कैसे रखना है, अनुशासन कैसे रखना है, और सबमें तालमेल कैसे रखना है। ऐसे व्यक्ति के व्यक्तित्व में ही कुछ ऐसी विशेषता होती है कि उसके आगे दूसरे झुकने लगते हैं। लोग उसकी आज्ञा मानने में गर्व अनुभव करते हैं। ऐसे लोग जन्मजात

नेता होते हैं। दूसरों से ठीक-ठीक काम लेने उनके लिए ऐसा सहज होता है जैसे सांस लेना। ऐसे व्यक्तियों को इच्छा-शक्ति के प्रयोग की आवश्यकता ही नहीं पड़ती। वे जहां जाते हैं, विजय पाते हैं। उनके चरित्र के सामने ही लोग झुक जाते हैं। वे महान होते हैं। उनका व्यक्तित्व विशाल होता है। कैसी भी स्थिति हो, वे शासन ही करते हैं।

नेता में कुछ विशिष्ट गुण होते हैं। वह उत्साही और आशावादी होता है। उसमें निराशा लेश-मात्र भी नहीं होती है। वह किसी रचनात्मक काम के लिए 'न' नहीं करना जानता। वह सदा 'हां' ही करेगा, चाहे काम कितना ही कठिन हो। वह सदा प्रभावशाली होगा। वह संकोची नहीं होंगा। वह प्रतीक्षा नहीं करता कि इसरा कोई आकर उत्तरदायित्व संभाले। वह सहज स्वभाव से जिम्मेदारी संभाल लेता है। उसे अपने साथियों से बात जोर देकर नहीं करनी पड़ती। उसके साथ काम करनेवाले उसके संकेत पर आंखें बिछाते हैं। वह जहां जाता है, उसके साथी उसका अनुसरण करते हैं; वे उसकी इच्छा को ईश्वरीय इच्छा मानने लगते हैं।

नेता सदा दूरदर्शी होता है। जिन बातों का किसी को ध्यान भी नहीं होता, वे उसके मस्तिष्क में पहले ही झलक जाती हैं। अचानक आ पड़े संकट में ऐसा व्यक्ति ही काम आता है। वही नेतृत्व करता है। वह अनागतविधाता होता है। वह विपत्ति के विरुद्ध पहले से ही प्रबन्ध कर लेता है। हितोपदेश में लिखा है : "तीन तरह के मनुष्य होते हैं—अनागतविधाता, जो न आई मुसीबत को दूरदृष्टि से देख लेते हैं; प्रत्युत्पन्नमति, जो संकट आ पड़ने पर तुरन्त बुद्धि से काम लेकर बचाव करते हैं; और यद्भविष्य, जो कहा करते हैं 'जो होगा देखाजएगा।' इनमें से अनागतविधाता उत्तम होते हैं, प्रत्युत्पन्नमति मध्यम होते हैं, यदभविष्य मारा जाता है।"

सदा दूरदर्शी लोग ही नेता बनते हैं। केवल पुस्तकों के पढ़ने से ही कोई नेता नहीं बन जाता। नेतृत्व के लिए दूरदर्शिता आवश्यक है। या तो आप सेनापति

बन सकते हैं या सैनिक। यदि आपमें दूरदर्शिता है, आप भविष्य की बात पहले ही अनुमान कर लेते हैं, तों आप सेनापति बन सकते हैं। यदि आपमें यह गुण नहीं हैं तो आप साधारण सैनिक बन सकते हैं। जब तक आपमें मनुष्य को वश में करने और उनसे काम लेने की योग्यता नहीं आती, तब तक आप संसार में कोई बड़ा काम नहीं कर सकते।

यदि सेनापति स्वयं और तुरन्त निर्णय नहीं कर सकता कि आगे क्या कदम उठाना है, तो सैनिकों के मन से उसका सम्मान उठ जाता है। सबसे बड़े नेता या सेनापति वे ही व्यक्ति बनते हैं, जिनमें लोगों से काम लेने के लिए उत्तम प्रबन्ध करने की शक्ति होती है, साथ ही जिनमें अपने अधीन काम करनेवालों के प्रति सहानुभूति और सहृदयता की भावना होती है। आप अपने आदमी का जितना अधिक ध्यान रखेंगे, वह आपके काम का उतना ही ध्यान रखेगा। यदि आप उसके प्रति दयालु होंगे, तो वह आपके कारखाने और आपके माल के प्रति दयालु होगा। दया और सहानुभूति से भरे मालिक या नेता की आज्ञा का कर्मचारी तुरन्त पालन करते हैं। यदि नेता अपने अनुयायी की कद्र नहीं करता, उचित सराहना नहीं करता, तो वे उसकी आज्ञा का पालन धर्म मानकर नहीं करते। वे बाध्य होकर काम भले ही करें, पर उसमें उनका हृदय लगा हुआ नहीं होगा।

सहृदय नेता के सभी काम करने में अनुयायी प्रसन्नता का अनुभव करते हैं। वे उसके साथ उत्साह से काम करते हैं। वे काम में दिन-रात एक कर देते हैं, छुट्टी की भी परवाह नहीं करते।

ऐसी कोई विधि नहीं है ऐसा कोई नियम नहीं है, ऐसा कोई जादू नहीं है, जिससे कर्मचारियों को स्वामिभक्त बनाया जा सके। बस, एक ही बात है, जिससे वे पूर्ण स्वामिभक्त बन जाते हैं। यदि स्वामी कर्मचारियों की भलाई का पूरा ख्याल रखता है, तो वे पूरे स्वामिभक्त बन जाते हैं।

यदि आप नेता हैं, तो आप तुच्छ विचार मन में न आने दें, हृदय को विशाल बनाएं। आप स्वामी बनें। स्वामी के सबसे उत्तम गुणों को यदि आप प्रकट करेंगे, तो

आपके कार्यकर्ता भी अपने सबसे उत्तम गुणों को प्रकट किए बिना न रहेंगे। यदि आपमें चरित्र की दृढ़ता, काम को आगे बढ़ाने की लगन, योजना बनाने की योग्यता और साथियों से काम लेने की क्षमता होगी, तो आप अवश्य अच्छे नेता सिद्ध होंगे।

ज्योंही आप भीड़ में से निकलकर आगे बढ़ते हैं, नेता बनते हैं, त्योंही आप अपनी मौलिकता या नई सूझ-बूझ दिखलाते हैं। उसी समय आपकी आलोचना या निन्दा प्रारम्भ हो जाती है। भीड़ से आगे निकले हुए सिर पर ढेले मारना लोगों का स्वभाव ही है। निन्दा और आलोचना होने पर यदि आप अपने दिमाग को ठिकाने रख सकेंगे तो आप नेतृत्व को संभाले सकेंगे।

एक नेता का मस्तिष्क रचना करने को उत्सुक होता है। वह काम में पहल करता है। वह पराक्रमी होता है। उसकी इच्छा-शक्ति फौलाद की तरह या चट्टान की तरह दृढ़ होती है। उसका उद्देश्य अटल होता है। वह गम्भीरता में सागर जैसा और गौरव में पर्वत जैसा होता है। वह आलोचना से चिढ़ता नहीं, बल्कि उसका उत्तर देकर आलोचकों को शान्त कर देता है। वह आलोचना के प्रति उपेक्षा या लापरवाही नहीं दिखाता। वह लोगों की शंका दूर करके उन्हें अपने साथ मिला लेता है।

बहुत-से लोग आलोचना का सामना नहीं कर सकते। उनका हृदय इतना कोमल और भावुक होता है कि आलोचना से घबराकर या दुःखी होकर उद्देश्य को बीच में ही छोड़ देते हैं। वे नेतृत्व से जल्दी हट जाते हैं। उनका जीवन बिगड़ जाता है। वे दुबारा उठने के योग्य नहीं रहते।

महान नेता बनने के लिए विशाल दृष्टिकोण की आवश्यकता होती है। उसके लिए भिन्न-भिन्न रुचियों और स्वार्थों को समझने और उनको साथ लेकर चलने की योग्यता आवश्यक होती है।

बहुत-से लोग आयु-भर पिछलग्गू बने रहते हैं। वे सदा दूसरों के पीछे चलते हैं। वे दूसरों की छाया या प्रतिध्वनि होते हैं। उनमें मौलिकता नहीं होती है। वे पूर्ण विकसित नहीं होते। वे दूसरों का अनुसरण करते हैं। दूसरों के निर्णय

पर आश्रित रहते हैं। उनके स्वतन्त्र विचार दबे रहते हैं। उनकी मौलिक प्रतिभा प्रकट ही नहीं होने पाती। उनकी महान योग्यताओं का विकास रुक गया होता है। इसका कारण यह होता है कि उनके व्यक्तित्व को पूरा प्रशिक्षण नहीं मिला होता।

आज हमें भिन्न-भिन्न क्षेत्रों में अच्छे नेताओं की अत्यन्त आवश्यकता है। हम चाहते हैं कि हमारे युवक ऐसी शिक्षा लें कि वे नेता बन सकें। इसके लिए उनकी मौलिकता, उनके व्यक्तित्व और उनकी योग्यताओं का विकास करना आवश्यक है।

केवल स्कूल या कालेज में पढ़कर कोई नेता नहीं बन सकता। नेता वह बन सकता है, जिसे केवल किताबी ज्ञान नहीं बल्कि व्यावहारकि या अमली ज्ञान हो। जो परिस्थितियों को पहचानता हो और उनसे निपटना जानता हो, वही अच्छे परिणाम दिखला सकता है। वही नेता बन सकता है। कहा भी गया है: "जिस प्रकार एक गधा चन्दन के बोझ को ढोता है, वह चन्दन के प्रयोग को नहीं जानता, उसी प्रकार एक मूढ़ बहुत-से शास्त्रों को पढ़कर भी लोकव्यवहार को और अपनी विद्या के प्रयोग को नहीं जानता, वह भार ही ढोता है।"

महान काम करने की इच्छा

योग्यता होते हुए भी कुछ लोग 'दास' ही क्यों बने रहते हैं? क्या महान बनने की इच्छा स्वार्थ-भावना है? इस प्रकार के प्रश्न हमारे सामने आते रहते हैं।

विजय पाने की कामना, शक्ति और सत्ता प्राप्त करने की आकांक्षा, कोई महान काम करने की चाह-ये मनुष्य-स्वभाव की स्वाभाविक बातें हैं। बहुत-से लोगों के लिए रोटी, कपड़ा, मकान और नौकरी ही जीवन का सब कुछ है। परन्तु मनुष्य को समझना चाहिए कि उसे जिस परमेश्वर ने संसार में भेजा है, वह महान है। वह मनुष्य से महान काम करवाना चाहता है। उसे इससे सन्तोष नहीं होता कि मनुष्य आहार, निन्द्रा, भय और काम वासना तक हीं सीमित रहे। यदि यही मनुष्य-जीवन का उद्देश्य है, तो मनुष्य और पशु में भेद ही क्या है?

हमारे अन्त:करण में अदृश्य शक्ति विराजमान है। वह हमें प्रेरणा देती है कि हम सुस्त न बैठें, आलसी न बनें, कर्महीन और उद्देश्यरहित न बनें। वह अदृश्य शक्ति हमें बतलाती रहती है कि जिस समाज में हमने जन्म लिया है, उसका हमपर ऋण है। हरएक व्यक्ति को वह ऋण अवश्य चुकाना है। जिस काम के लिए हम चुने गए हैं, उसे कोई दूसरा नहीं कर सकता। भले ही हमारे पास बहुत धन हो, परन्तु हमारे अंतःकरण को तब तक चैन नहीं मिल सकता, जब तक कि हम अपने कर्तव्य को पूरा न करें। "खाओ पिओ और मौज करो," यह मनुष्य -जीवन का लक्ष्य कदापि नहीं हो सकता। इसलिए प्रत्येक मनुष्य का कर्तव्य है कि वह अपने लिए महान काम की खोज करें। वह अपने जीवन

का लक्ष्य ढूंढ़े। वह अपने जीवन की पूर्णता को प्राप्त करने का यत्न करें। विस्तार के लिए इच्छा, विकास के लिए कामना, जीवन के विस्तृत दृष्टि-कोण का प्राप्त करने की आकांक्षा मनुष्य में स्वाभावकि है, परन्तु मनुष्य उसे दबा देता है।

जो मनुष्य अपनी कला को, अपने कौशल को अपनी निर्माण-योग्यता को, अपनी प्रतिभा को विस्तार देता है, वह उसे प्रकट किए बिना नहीं रहता। गुणी आदमी सात परदों में भी नहीं छिपता। वह अपना संदेश मानवता तक पहुंचाकर ही चैन लेता है। कला, राजनीति, विज्ञान या व्यापार में जितने भी नेता हैं, वे ऐसे ही व्यक्ति हैं। जिन्होंने अपने जीवन का विकास किया है।

मनुष्य परिश्रम और संघर्ष के बल पर ही इतनी उन्नति नहीं करता, जितनी अपने जीवन का सही लक्ष्य पाकर करता है।

जो अपने जीवन के लक्ष्य को नहीं खोज पाता-वह दब्बू, डरपोक, कायर, ओछा और तुच्छ रह जाता है। जो जीवन के महान उद्देश्य को निश्चित नहीं करता, वह कोई भी महान काम नहीं कर पाता।

हमें बड़ा आश्चर्य होता है जब हम किसी महान संगीतकार, कलाकार, अभिनेता, लेखक, कवि या व्यापारी तथा नेता को वृद्ध अवस्था में भी काम पर डटे हुए देखते हैं। वे रिटायर क्यों नहीं होते? कारण यह है कि उन्होंने इतने ऊंचे दर्जे की कार्यकुशलता प्राप्त कर ली होती हैं कि वे काम करते हुए जरा भी कष्ट या संघर्ष का अनुभव नहीं करते। उनके लिए बड़े से बड़ा काम भी एक मनोरंजक खेल की तरह हो जाता है। उनके अन्त:करण में विजय की जो आकांक्षा होती है, वह उन्हें उत्तम से और उत्तम काम करने के लिए निरन्तर प्रेरित करती रहती है।

एक सफलता दूसरी बड़ी सफलता के लिए प्रेरणा देती है। एक विजय दूसरी महत्तर विजय के लिए उत्साहित करती हैं। लगातार की सफलता की आदत पड़ जाती हैं। निरन्तर की विजय से विजय का स्वभाव ही बन जाता है।

कर्महीन, प्रयत्नहीन, चेष्टाहीन जीवन से जीवन सिकुड़ता है। अकर्मण्यता एक मन्द विषय है। उसकी विशेष बुद्धि, उसकी कार्यकुशलता और उसकी

गरिमा नष्ट हो जाती है।

आज जो लोग हमें ऊंचे से ऊंचे पद पर दिखाई देते हैं, या जो व्यापार में सबसे आगे बढ़े हुए हैं, वे निरन्तर आगे बढ़ते रहने से ही इतने महान बन सके हैं। उन्होंने महान बनने के लिए खूब संघर्ष किया और-आगे, और आगे बढ़ते जाने की तीव्र इच्छा ने ही उन्हें इतना आगे बढ़ाया है।

किसी काम में ऊंचे दर्जे की खूबी प्राप्त करने का प्रयत्त कीजिए किसी काम को सबसे अच्छा करने की विशेषता बना पाने का निश्चय कीजिए। अपने क्षेत्र में अपनी मौलिकता के द्वारा सबसे उत्तम कार्यकर्ता बनने का फैसला कीजिए। आसानी और आराम उस सुख के सामने तुच्छ होते हैं, जो सुख किसी महान काम को करने से प्राप्त होता हैं एक कलाकार को अपनी कलाकृति को पूर्ण करने से जो आनन्द प्राप्त होता है, संसार का कोई भी सुख उसकी बराबरी नहीं कर सकता।

सबसे उत्तम बनने की आकांक्षा, सबसे आगे बढ़ने की चाह, बाधाओं पर विजय पाने की कामना और शरीर को वश में करके उद्देश्य को विजयी बनाने की इच्छा- इन्हीं बातों से मनुष्य का विकास होता है। उसी से मनुष्य प्रगति या उन्नति करता है।

मनुष्य ज्यों-ज्यों और जितनी-जितनी बाधाओं पर विजय पाता जाता है, त्यों-त्यों और उतना-उतना ही वह ऊंचा चढ़ता जाता है। दृढ़ और उत्साही चरित्र इसी तरह बनता है। रुकावटों को दूर करने की जितनी ही शक्ति बढ़ती जाती है, उतना ही मनुष्य ऊंचा उठता जाता है। विजय का ज्यों-ज्यों अभ्यास हो जाता है, त्यों-त्यों विजय महान से महान होती जाती है।

देवदार का पेड़ जितना ऊंचा चढ़ता जाता है, उतनी उसकी लकड़ी मजबूत होती जाती है। मनुष्य जितनी ही बड़ी जिम्मेदारी संभालता जाता है, वह उतना ही महान बनता जाता है। जो मनुष्य सुस्त है, उद्देश्यहीन है, वह अवसर पर कभी सामने बाण सहने को तैयार नहीं होता। वह आलोचना को सह नहीं सकता। वह मैदान छोड़कर भाग खड़ा होता है। वह उत्तरदायित्व को नहीं संभाल सकता, इसलिए अपने पद से गिर जाता है।

घर में मनोरंजन

आज के जीवन में तेजी है, त्वरा है, एक दौड़-सी मची हुई है। काम के बिना मनुष्य कौड़ी का नहीं है। परन्तु काम के बाद विश्राम और मनोरंजन भी आवश्यक है। मनोरंजन और खेल से मनुष्य चिन्ता और भय को दूर भगाता है।

खेल के लिए वन-उपवन में जाना बहुत अच्छा है; क्योंकि वहां खुली हवा और धूप प्राप्त होती है। उससे जीवन में नयापन आता है, ताजगी आती है। परन्तु बड़े शहरों में रहने वाले लोगों के लिए वन या उपवन में जाना बड़ा कठिन होता है। उन्हें महीने में किसी दिन या अधिक से अधिक सप्ताह में एक दिन ही ऐसा मिल पाता है, जब वे बाहर जाए। अत: अपने घर में ही मनोरंजन का प्रबन्ध करना एक सराहनीय बात है।

हंसी-ठट्ठा, नाच-गान, ताश-शतरंज और टेबिल-टेनिस आदि ऐसी चीजें हैं, जिनसे मनोरंजन किया जा सकता है। कुछ बड़े-बड़े लोग इन चीजों से घृणा करते हैं, पर उनकी बात ठीक नहीं। मनोरंजन को दोष न गिनना चाहिए। इसकी इच्छा मनुष्य में स्वाभाविक है। मनोरंजक खेलों में मनुष्य अपना हृदय खोलता हैं। इससे उसके मन की संकीर्णता दूर हो जाती है। खुलकर हंसने से उसका मनहूसपन दूर होता है। इससे उसका बनावटीपन दूर होता है। इससे वह प्रसन्नमन और हंसमुख बनता है। इससे विपत्ति में भी हंसते-मुस्कराते उद्यम, उद्योग और प्रयत्न करने की शक्ति आ जाती है।

हास्य-विनोद से और कथा-वार्तालाप से मनुष्य की थकावट ही दूर नहीं

होती, बल्कि उसका बूढ़ापन भी दूर होता है। अनावश्यक और अतिगम्भीरता से जो मनुष्य के मुख पर झुर्रियां पड़ने लगती हैं, वे मुस्कराने और हंसने से दूर हो जाती हैं। जो हंसी-मज़ाक नहीं कर सकता या नहीं सह सकता, वह जल्दी ही बूढ़ा हो जाता है। हां, इसमें सन्देह नहीं कि हंसी-मज़ाक अनुचित और सीमा से बाहर न होना चाहिए।

स्वभाव की मधुरता मनुष्य के अपने लिए अमृत है। इससे उसकी आयु बढ़ती है और मनोरंजन से स्वभाव में मधुरता आती है।

आपका कोई भी धन्धा हो, कैसा जीवन हो, प्रसन्न रहिए। प्रसन्नता से तन-मन के घाव तुरन्त भर जाते हैं। खेद, पछतावा, चिन्ता, भय, ईर्ष्या, जलन, कुढ़न, चिड़चिड़ापन-इनसे मनुष्य का विरोध बढ़ता है। ये बातें हड्डियां तक चोट करती हैं। इनको दूर ही रहने दीजिए। मनोरंजन में नित्य ही कुछ न कुछ समय लगाइए और उससे आनन्द प्राप्त कीजिए।

हंसी जीवन का प्रभात है। वह शीतकाल की मधुर धूप है और ग्रीष्म की तपती दोपहर में सघन छाया है। हंसी से आत्मा खिल उठती है। इससे आप स्वयं आनन्द पाते हैं, साथ ही दूसरों में भी आनन्द बांटते हैं।

निराशा का स्वभाव अच्छा नहीं होता। दूसरे के दोष देखते रहना, दूसरों का विरोध करते रहना, ईर्ष्या-द्वेष करते रहना अच्छी बातें नहीं। इनसे जीवन की मधुरता नष्ट होती है। निराशावाद अंधकार है। अंधकार में पौधों पर न फूल खिलते हैं, न फल लगते हैं। धूप लगने पर ही पुष्पों में मधुर मधु पड़ता है। हंसना जीवन की धूप है।

जब हम बहुत प्रसन्न होते हैं, तब हमारी कार्यशक्ति अपनी सबसे उत्तम अवस्था में होती है। जिस तरह पहिये में चिकनाई देने से उसका चीखना बन्द हो जाता है, उसी प्रकार हंसी ओर मनोरंजन से मनुष्य का हाहाकार मिट जाता है। हंसी और विनोद से मनुष्य का मस्तिष्क साफ हो जाता है। वह तरोताजा हो जाता है। हंसी से बहुत-से रोग दूर होते हैं। इससे कार्यशक्ति कई गुना बढ़ती है।

हास-परिहास पीड़ा का शत्रु है। वह निराशा और चिन्ता का शर्तिया इलाज है। वह दुःख के लिए रामबाण है।

अपना सुधार और अपनी उन्नति

उन्नति कहीं आकाश से नहीं टपक पड़ती। मनुष्य धीरे-धीरे और लगातार अपने-आपको सुधारता-संवारता रहता है और एक दिन उन्नति को प्राप्त करता है। हम एकदम-अचानक उन्नति कर जाना चाहते हैं, यही हमारी भूल है। हम अपने अज्ञान के परदे को हटाना नहीं चाहते, हम आगे सीखने से इनकार कर देते हैं, इसलिए हमारी उन्नति रुक जाती है।

यदि हम आगे सीखने-पढ़ने को तैयार रहते हैं, तो कोई कारण नहीं कि हमारा अज्ञान टिक सके। अज्ञान के हटने पर उन्नति अपने-आप होकर रहती है।

जो नवयुवक आंखों को खोलकर हरएक बात को देखता है, अध्ययन के लिए सदा तैयार रहता है, वह अवश्य उन्नति करता है। जो सीखने की इच्छा रखता है, उसे समय भी मिल जाता है। वह काम से छुट्टी पाकर भी पढ़ता है। और लगातार अपने-आपको आगे ही आगे बढ़ाता चला जाता है।

फुर्सत के समय में अध्ययन करके बहुत-से लोग मैट्रिक से ग्रेजुएट बन गए। बहुत-से ग्रेजुएट अपने खाली समय में पढ़ते-पढ़ते एम० ए० और एल० एल० बी० करके ऊंचे उठने में सफल हो गए। बहुत-से क्लर्क रात्रि-कक्षाओं में पढ़ते-पढ़ते अफसर बन गए।

एक व्यक्ति का हमें पता है, जो साधारण मुनीम था। उसे पढ़ने की ऐसी लगन थी कि वह काम से छुट्टी पाते ही पढ़ने चला जाता था। वह प्रत्येक परीक्षा में प्रथम रहा और अन्त में विदेश जाकर प्रोफेसर बन गया।

यदि आप उन्नति चाहते हैं तो आपको अधिक अध्ययन करना पड़ेगा और इसके लिए आपको अपने आराम और मनबहलाव के समय को कम करना होगा। आपको आलस्य और नींद में कटौती करनी होगी, तब आप अध्ययन कर सकेंगे।

आप जहां आज हैं यदि वहीं रहना नहीं चाहते, तो आगे पढ़िए, अध्ययन कीजिए। प्राइवेट रूप में परीक्षाएं देकर बहुत-से नवयुवक बड़ी तरक्की कर गए है। आपके लिए धन कमाना आवश्यक हो गया है।, तो इसका यह अर्थ नहीं कि आप आगे उन्नति नहीं कर सकते। आपके उन्नति के द्वार अब भी खुले हैं। आप कहीं भी काम करते हों या कोई भी धन्धा करते हों, यदि आपमें आगे बढ़ने की आकांक्षा है तो आपको कोई नहीं रोक सकता।

जिस व्यक्तियों को पुस्तकों से सार निकालने का अभ्यास हो जाता है, जिन्हें जीवन के अनुभवों से शिक्षा लेने की आदत हो जाती है, वे निरंतर उन्नति करते चले जाते हैं। यदि आप आत्म-सुधार करते चले जाएं, तो लगातार आपसे-आप उन्नति करते चले जाएंगे आप अपने काम में सहायक, उपयोगी और ऊंचे दर्जे का ज्ञान प्राप्त करने का निरंतर प्रयत्न करते रहिए, आपकी उन्नति स्वाभाविक रूप से होती चली जाएगी।

आप जितना अध्ययन करते हैं, उतना आपका ज्ञान बढ़ता है। जितना आपका ज्ञान बढ़ता है, उतनी आपकी कार्य-कुशलता बढ़ती है। धीरे-धीरे ज्ञान का संचय करते जाइए। एक दिन आप आश्चर्य से देखेंगे कि आपके पास ज्ञान का विशाल भण्डार हो गया है। फिर कोई न कोई पहचान वाला आपके उस ज्ञान का लाभ उठाने आ जाएगा और आप खूब ऊंचे पद पर पहुंच जाएंगे। अध्ययन के लिए जो आप पैसा लगाते हैं, उससे अच्छा पैसा लगाने का और कोई काम नहीं है। पुस्तकों पर जो आप व्यय करते हैं, उसका कई गुना लाभ आपको मिलता है। दूसरी जगह रकम लगाने से इतना लाभ कभी नहीं मिल सकता, जितना शिक्षा पर खर्च करने से होता है।

जब आपकी जानकारी बढ़ती है, तो आपका अपने ऊपर भरोसा बढ़ता है।

यदि आप उस जानकारी को भरोसे से अमल में लाते हैं, उसका प्रयोग करते हैं, तो आपका व्यक्तित्व ऊंचे दर्जे के कार्यकर्ता के रूप में प्रकट हो जाता है।

मानव के इतिहास में शिक्षा का इतना कभी महत्त्व नहीं रहा, जितना आज है। आज यदि आपका अध्ययन बढ़ता है, तो साथ ही आपकी तरक्की भी होती है। आपकी जानकारी बढ़ती है, तो आपकी शक्ति भी बढ़ जाती है। तब आपके हाथ में सत्ता भी आ जाती है। जब आपकी जानकारी अपने साथियों से अधिक हो जाती है, तो आप स्वयं ही उन सबसे उत्तम हो जाते हैं। आज के जीवन में संघर्ष बहुत है, मुकाबला बहुत है। आज योग्यतम ही विजय प्राप्त करता है। सिफारिशों के दिन लद गए। यदि आपको संसार में अपना मूल्य बढ़ाना है, तो अपनी योग्यता बढ़ाइए। यदि आप उत्तम मनुष्य या नेता बनना चाहते हैं, तो ऊंची से ऊंची जानकारी प्राप्त कीजिए ।

आपके सामने स्वर्ण अवसर हैं आप अपने फालतू समय को धन और हीरे-मोती में बदल सकते हैं।

आज समय का बड़ा मूल्य है। अवसर आपकी बाट देख रहा है। उठो और आज से ही आगे बढ़ना शुरू कर दो। सच जानिए इससे आपको लाभ ही लाभ होगा। आज मुकाबले या कंप्टीशन का युग है। यदि आप आगे न बढ़े तो पीछे छूट जाएंगे। आज के युग में आपको किसी न किसी विषय में विशेषज्ञ या स्पेशलिस्ट अवश्य बनना चाहिए। आज विशाल योजनाएं बनती हैं। बड़े-बड़े कारखाने खुलते हैं। उनके लिए विशेषज्ञों की अत्यन्त आवश्यकता है। अपने अध्ययन के मार्ग की सभी बाधाओं को दूर कर दीजिए। अध्ययन कीजिए, और आगे अध्ययन कीजिए। ऊंची से ऊंची योग्यता को अपने हाथ में कीजिए साहित्य हो या कला, निर्माण हो या विज्ञान-सभी क्षेत्रों में आज विशेष अध्ययन वालों की विशेष आवश्यकता है। विशेष अध्ययन वालों का सब जगह सम्मान होता है।

बहुत-से नवयुवक जब नौकरी या व्यापार करने पर विवश हो जाते हैं, तब वे निराश हो जाते हैं। वे समझते हैं कि अब आगे नहीं पढ़ सकते। परन्तु उन्हें

पता नहीं होता कि पढ़े बिना उनका वहां पर भी टिकना कठिन है। आज के संघर्षमय जीवन में अधिक योग्यता वाला कम योग्यता वाले को पछाड़ देता है। आज के मुकाबले के संसार में अधिक जानकारी वाला कम जानकारी वाले को परास्त कर देता है।

रेल, मोटर और वायुयान की स्पीड प्रतिदिन अधिक होती जा रही है। आज वह इंजन काम नहीं दे सकता, जो पहले-पहल बना था। गति ही प्रगति का नियम है यदि आप रुक गए तो हार गए। आज की दौड़ में यदि मनुष्य पुरानी दकियानूसी मोटर लेकर जाए तो उसकी बड़ी हंसी होगी। इसी तरह आज के जीवन-संघर्ष में बिना अध्ययन किए जो उन्नति करना चाहता है, उसकी भी बड़ी हंसी होती है।

शिक्षा शक्ति है। चाहे आपका वेतन कितना ही कम क्यों न हो आप अपने ज्ञान को बढ़ाते चले जाए। आप निरन्तर अध्ययन करके अपने विषय के बारे में ऊंची से ऊंची विद्या प्राप्त करते चले जाए। जितना ही आप अपने को विशाल और पूर्ण बनाते चले जाएंगे, उतने ही आप उन्नत होते जाएंगे।

हमें एक व्यक्ति के बारे में पता है। जो बहुत ही साधारण नौकरी पर लगा हुआ था। वह 150 रु० में परिवार का कठिनता से निर्वाह करता था। फिर भी उसने यत्न करके परीक्षाएं पास करना शुरु किया और एक दिन सीधा 500 रु० मासिक का पद पा गया। उसके साथी उसके भाग्य खुलने से चकित रह गए। परन्तु यह कहे बिना भी न रह सके कि वह उन्नति करने के योग्य ही था। उसके साथियों ने अपने सायंकाल खेल-कूद और गप-शप में या घूमने-फिरने में खो दिए थे। उस समय वह सायंकालीन कक्षाओं में दत्तचित्त होकर अध्ययन किया करता था। चार वर्ष के निरन्तर अध्ययन से वह फर्स्टक्लास ग्रेजुएट बन गया था–और वह पद उसकी प्रतीक्षा कर रहा था।

बहुत-से नवयुवकों को यह पता नहीं कि ऊंचे दर्जे की शिक्षा उनके लिए क्या कर सकती है। यदि उन्हें इस बात की समझ हो तो व अध्ययन में अधिक

उत्सुकता दिखाएं। यदि उन्हें उच्च-शिक्षा के लाभ मालूम हों, तो वे तन-मन से जुटकर अध्ययन के लिए प्रयत्न करने लगें।

प्रौढ़-शिक्षा के प्रबन्ध की भी बड़ी भारी आवश्यकता है विज्ञान और तकनीकी क्षेत्र में नित्य नई प्रगति हो रही है। वर्षों पहले का पढ़ा हुआ ही काफी नहीं हो सकता। ज्ञान-विज्ञान के नवीन चरणों का अध्ययन प्रौढ़ों के लिए भी आवश्यक है। यदि प्रौढ़ लोग नित्य नियम से थोड़ा समय भी अध्ययन में लगाने लग जाए, तो कुछ वर्षों बाद वे भी कुछ उन्नति कर सकेंगे।

बहुत-से लोग भेंट होने पर यही कहते मिलेंगे:

"खेद है, मैं आगे न पढ़ सका। मुझे जल्दी ही नौकरी करनी पड़ गई।"

ये लोग नहीं जानते कि अब भी कुछ नहीं बिगड़ा है कहा भी है: "जब तू जागे तभी सवेरा।"

जिस दिन आप आगे अध्ययन शुरू कर देंगे, वही दिन आपके जीवन का सुप्रभात होगा। बहुत-से लोगों ने अपने-आप एकान्त में पढ़कर ही अपना जीवन सुधार-संवार लिया है। अनेकों लोग प्राइवेट परीक्षाएं पास करके उन्नति कर गए। सहस्त्रों लोग संध्याकालीन कक्षाओं में पढ़कर अफसर बन गए है। हजारों लोग अपने-आप पढ़कर साधारण दूकानदार से महान व्यापारी बन बैठे हैं।

विस्तृत जानकारी और ऊंची शिक्षा कभी खाली नहीं जाती। कभी न कभी वह फल लाती ही है। तब सबको अचम्भा होता है।

जिसे ज्ञान पान की प्यास है, वह अध्ययन किए बिना नहीं रहता। वह सौ बाधाओं को पार करके भी अपने अध्ययन का रास्ता निकाल ही लेता है। उत्तम और ऊंचे अध्ययन से हृदय विशाल हो जाता है। इससे मस्तिष्क का क्षितिज विस्तीर्ण हो जाता है। इससे दृष्टिकोण विस्तृत हो जाता है। इससे मनुष्य तंग-दिल, छोटा और ओछा नहीं रहता। विस्तृत दृष्टिकोण पाने से उन्नति के सैकड़ों मार्ग सूझने लगते हैं। उनमें से किसी मार्ग को अपनाकर मनुष्य आश्चर्यजनक उन्नति कर जाता है।

धर्म की चक्की

धर्म एक चक्की के समान है। चक्की में यदि आप अनाज डालेंगे तो आटा निकलेगा। यह हो नहीं सकता कि अनाज तो आप न डाले और आटा निकल आए।

लोग चाहते हैं कि भगवान उनपर कृपा करें और उनकी सारी मनोकामनाएं पूरी करें; परन्तु स्वयं लोग दान करने से कतराते हैं दूसरों की सहायता करने से संकोच करते हैं। वे धर्म के कामों पर कुछ भी खर्च करना नहीं चाहते। वे धर्म की चक्की में कुछ भी अनाज डालना नहीं चाहते, फिर आटा कहां से निकलेगा?

क्या आपने अपने साथियों की कभी सहायता की है? क्या आपने निर्धन को अन्न और धन दिया है? क्या आपने किसी अभागे का भाग्य संवारा है? क्या आपने परोपकार करनेवाली या धार्मिक संस्थाओं को जी खोलकर दान दिया है? क्या आपने उस कर्ता विधाता की सन्तान मनुष्य को ऊंचा उठाने का कोई काम किया है?

स्मरण रखिए, भगवान उन्हीं की सहायता करते हैं जो भगवान के बन्दों की सहायता करते हैं।

कुछ लोग मन्दिर या गिरजे में जाकर कुछ पैसे चन्दे की सन्दूकची में डालकर समझते हैं कि उन्होंने बड़ा धर्म कमा लिया है। सबसे बड़ी खुशी उन्हें इस बात से होती है कि उन्हें सन्दूकची में डालते हुए किसी ने नहीं देखा कि

उन्होंने क्या डाला है। बस, वे भी दानवीरों की सूची में आ गए!

यदि हम धर्म के काम में, परोपकार के काम में, दान करने में कंजूसी दिखाएंगे, तो भगवान भी हमारे प्रति कंजूसी दिखलाएगा। वह तो न्यायकारी है, पक्षपाती नहीं। वह हमारी तरफदारी क्यों करने लगा? जो किसान अपने खेत में बीज बोते हुए कंजूसी दिखाएगा उसके खेत में भरपूर फसल कैसे होगी? जब प्रभु के कामों में हम अपने को तुच्छहृदय बना लेंगे, तब वह हमपर कृपालु कैसे होगा? वह हमपर धन और सुख की वर्षा कैसे करेगा?

आपने देखा होगा कि कुछ लोग जीवन में लेना ही जानते हैं; वे देना नहीं जानते। जब उन्हें कुछ पदार्थ या धन देना पड़ता है तो उन्हें कष्ट होता है। उनमें कई तो धनी होने पर भी देते हुए दुःख मानते हैं। इस तरह के लोगों पर भगवान दया नहीं करते, बल्कि उनसे लक्ष्मी छीन लेना ही उचित समझते हैं।

जो देगा सो पाएगा। जो दान करेगा, उसका धन कभी नहीं घट सकेगा।

बच्चों की उपेक्षा मत कीजिए

हरएक बालक किसी न किसी के आगे अपने मन की बात अवश्य रखता है। उसके सामने वह अपने मन के भेद कह देता है। उससे वह अपने मन की आशाएं प्रकट कर देता है। वह उसके सम्मुख अपनी आकांक्षाएं कह डालता है। उससे वह कुछ भी नहीं छिपाता। जिन बातों को वह और किसी के आगे खोलकर रखने में सकुचाता है, उन्हें भी वह अपने उस विश्वस्त व्यक्ति के सामने रख देता है। माता ही बालक से सबसे निकट होती है। बालक माता के सामने सब कुछ कह देता है। परन्तु प्रत्येक बालक मां से भी अधिक किसी पुरुष के सामने अपने मन की बात कहना अधिक उचित सम्झता है। ऐसा विश्वासपात्र, ऐसा मित्र उसका पिता ही हो सकता है।

आप अपने बालक के प्रति उपेक्षा मत बरतिए। यदि अपने काम-धन्धे में व्यस्त होकर आप उसकी ओर ध्यान देना छोड़ देंगे तो वह आपके हाथ से निकल जाएगा। यदि आप आरम्भ से ही उसके खेलों में रुचि लेंगे तो वह आपके निकट हो जाएगा। यदि आप आरम्भ से ही, जबकि अभी वह नन्हा ही है, उसके साथ खेलकर या उसके खेलों में रुचि लेकर उसके विश्वासपात्र बन जाएंगे तो वह आपसे दूर नहीं भागेगा। आपके निकट वह स्वाभाविक रूप से आएगा और मन की बात कहेगा। वह आपको अपना मित्र समझेगा।

आप अपने बच्चों को यह मत अनुभव होने दीजिए कि आप बहुत व्यस्त हैं और आपके पास उसके लिए फुर्सत नहीं है। यदि आप उसे बताएंगे कि लट्टू

कैसे चलाया जाता है, या पतंग कैसे उड़ाई जाती है, तो वह आपकी तरफ अधिक खिंचा आएगा। फिर उसे यह अनुभव होने लगेगा कि उसके लिए आपका स्थान कोई नहीं ले सकता।

उपेक्षा करने से, लापरवाही से बालक बिगड़ जाते हैं। यदि आप अपने व्यापार या काम में बुरी तरह फंसे रहते हैं और बालक की ओर ध्यान नहीं देते, तो उसके बिगड़ने की पूरी संभावना है। बालक का आपके ऊपर जो विश्वास है उसे आप आसानी से खो सकते हैं; पर विश्वास को जमाने के लिए आपको समय देना पड़ेगा। आप ज़रा-सा उसे डांट देंगे, बुरा-भला कह देंगे या झिड़क देंगे, उसकी आलोचना कर देंगे तो वह आपसे दूर हो जाएगा। हो सकता है कि आपसे सदा के लिए डरने लगे और आपके पास आने से संकोच करने लगे।

बहुत से बड़े व्यापारी या अधिकारी जब बहुत अधिक आर्थिक उन्नति कर जाते हैं, तो एक दिन उन्हें अचम्भा होता है कि उन्होंने अपने पुत्र को अपने हाथ से खो दिया है। लड़का वश में नहीं रहा। उस लड़के को सुधारने के लिए वे अधिक से अधिक धन व्यय करने को भी तैयार हो जाते हैं, पर समय हाथ से निकल गया होता है।

हमें ऐसे घरों में जाने का अवसर मिला है, जहां पिता और पुत्रों में इस तरह का मनमुटाव था कि वे किसी भी बात पर आपस में सहमत न थे। पिता ने पुत्रों को बात-बात पर फटकारकर और धिक्कारकर सदा के लिए अपने से दूर कर दिया था। पिता के निर्दय व्यवहार से पुत्र इतने त्रस्त हो चुके थे कि किसी तरह की भी सलाह के लिए वे पिता के पास जाना उचित न समझते थे। वे अपने मन की बात और किसी के भी आगे रख दें, पर पिता के आगे रखने को तैयार न थे।

जब एक पुत्र अपने पिता के सामने जाने में संकोच करता है, तो वह समझता है कि मानो वह क्रोधी अध्यापक के सामने जा रहा हो। जब वह पिता से सदा यही आशा रखता है कि उससे कठोर आलोचना ही मिलेगी, तब वह पिता के पास किसलिए जाएगा? आपके पुत्र सदा झिड़कियां खाने के लिए ही आपके

पास नहीं आ सकते।

कुछ पिता सदा और हर बात में ही बेटों को डांटते-फटकारते रहते हैं। उन्हें इसकी आदत पड़ जाती है। वे कभी भी पुत्र की सराहना नहीं करते। वे उसके किसी भी काम की प्रशंसा नहीं करते। वे मधुर शब्द कह ही नहीं सकते। वे बालक का उत्साह नहीं बढ़ाते। उत्साह के शब्द बच्चों के लिए शक्तिवर्द्धक होते हैं। वे एक टॉनिक का काम करते हैं। बच्चे तो प्रशंसा से नाच उठते हैं। इसलिए बहुत बार बच्चे पिता की अपेक्षा माता से अधिक स्नेह करते हैं; क्योंकि माताएं अधिक विचारशील, अधिक स्नेहभरी होती हैं। वे बच्चों की प्रशंसा करने में संकोच नहीं करतीं। वे बच्चों के प्रति स्वभाव से ही दयालु होती हैं।

कुछ लोग अपने कुत्ते को नहीं डांटते, वे उसका विश्वास नहीं नष्ट करना चाहते, वे अपने कुत्ते को छड़ी से नहीं पीटते, क्योंकि उससे उनको स्नेह होता है। लेकिन ये महोदय अपने बच्चों को बात-बात पर फटकारेंगे, हर समय डांटते रहेंगे। वे बालक की हर बात में दोष ढूंढ़ते रहेंगे। उसके बर्ताव की और उसके मित्रों की खुलकर निन्दा करेंगे। वे बच्चे को यही बताते रहेंगे कि वह कभी उन्नति नहीं कर सकता।

अप ही बताएं, उस बालक का विकास कैसे हो सकता है? इस तरह के वातावरण में बालक में सद्गुण कैसे आ सकते हैं?

पिता और पुत्र का एक-दूसरे पर जो विश्वास होता है वह बड़ी बहुमूल्य वस्तु है। वह जीवन में बड़ी क़ीमती चीज है। उसे यों ही खो न देना चाहिए। उस विश्वास को सुरक्षित रखने के लिए कुछ समय और पैसा व्यय तो करना पड़ता है, पर उस खर्च की अपेक्षा इस विश्वास का बहुत अधिक मूल्य है।

जो बालक अपने माता-पिता को सच्चा और विश्वासी मित्र समझते हैं, वे बालक बहुत कम बिगड़ते हैं। वे अपने सारे गुप्त-भेद और रहस्य माता-पिता के आगे खोलकर रख देते हैं और उनकी स्नेह-भरी सम्मति और सलाह पाकर वे अच्छे मार्ग पर ही चलते हैं।

माता

जब अब्राहम लिंकन अमरीका का प्रधान बना, तो उसने कहा, था : "मैं जो कुछ बन पाया हूं, या आगे आशा करता हूं, उसका सारा श्रेय और यश मेरी माता को है।"

शिवाजी की अधिकतर विजयों का कारण उनकी माता ही थीं। गांधीजी जब विलायत पढ़ने के लिए जाने लगे तो उनकी माता ने उनसे सदाचार और सत्य की प्रतिज्ञा ली थी। उस प्रतिज्ञा को गांधीजी ने जन्म-भर स्मरण रखा और उसीसे वे महान बने।

संसार में माता सबसे बड़ा देवता है–मातृ देवो भव! माता जितना बलिदान और कोई नहीं कर सकता। इतनी कुर्बानी कोई नहीं कर सकता। इतनी सहनशीलता किसी में नहीं होती। वह अपने बच्चों के लिए हर प्रकार का कष्ट सहन करती है और कभी भी शिकायत नहीं करती।

हमें एक ऐसी माता का पता है जिसने एक विशाल परिवार को ऐसी कठिन परिस्थिति में पाला है कि पुरुष के लिए कभी भी ऐसा करना सम्भव न था। उस महिला का पति आलसी व निकम्मा था। वह निखट्टू था। उसकी कोई आकांक्षा न थी। उसमें चरित्र का बल न था। वह अत्यन्त स्वार्थी था। उसने अपनी पत्नी को, भारी परिवार को पालने में, कुछ भी सहायता न पहुंचाई। यही नहीं, वह चाहता था कि वह स्त्री हर समय उसकी सेवा में भी उपस्थित रहे। वे लोग इतने निर्धन थे कि नौकर न रख सकते थे। अकर्मण्य पति ने काम के लिए हाथ न

हिलाने की कसम खाई थी।

बच्चों का पिता इतनी भी सहायता न करता था कि बच्चों को ही संभाल ले। जब बच्चे बीमार हो जाते तब वह आराम से सो जाता, जैसे उसका उनसे कुछ सम्बन्ध ही न हो। काम से थकी-हरी माता घर आकर बच्चों को संभालती। वह उनके दवादारू का प्रबन्ध करती। वह पुरुष कभी भी न सोचता कि इस महिला में भी प्राण हैं। यह भी थकी होगी। इसे भी विश्राम की आवश्यकता होगी। इसे भी कभी छुट्टी चाहिए। वह पुरुष कभी भी अपनी पत्नी को सैर के लिए न ले जाता। पत्नी को कभी फूलों का हार भेंट करना तो दूर, उसने कभी फूलों जैसे शब्द भी उसके प्रति नहीं कहे। वह एक पैसे की वस्तु भी कभी पत्नी के लिए न लाया। वह बेचारी अपने कपड़ों की बार-बार मरम्मत करती और उन्हें ही ठीक-ठीक करके पहन लेती। परन्तु पुरुष अपने कपड़ों के लिए चिल्लाने लगता। यदि एक दिन वह बेचारी उसके कपड़े इस्तरी न करती तो वह लड़ने लगता था। वह सिगरेट और चाय के लिए लड़-झगड़कर पैसे लेने में न चूकता था। घर में आई वस्तु में से सबसे उत्तम वस्तु को वह अपने लिए ले लेता था, चाहे बच्चों को इससे कष्ट ही हो।

उस नारी के कष्टों का अन्त न था। उसे कोई भी सुख न था, किसी प्रकार की भी सुविधा न थी। उसका अपना स्वास्थ्य भी अच्छा न था। पर अपने आराम और सुख की रंचमात्र भी परवाह किए बिना वह बच्चों की हर बात की देखभाल करती थी। बीमार होने पर उनके पास ही खड़ी रहती। बच्चों की चिन्ता में वह अपने स्वास्थ्य की भी परवाह न करती थी। उस नारी ने कभी किसी से शिकायत न की थी। वह सदा प्रसन्नमुख रहती थी। वह दूसरों का उत्साह बढ़ाने के लिए उदार थी, यहां तक कि वह अपने पति से भी कटु बचन तक न कहती थी। वह शान्त और स्थिर थी। वह आत्मविश्वास से भरी हुई थी। परिवार के हरएक कष्ट को दूर करने के लिए वह सदा तत्पर रहती थी।

अत्यन्त परिश्रम और कष्टों ने उस नारी का सौन्दर्य हर लिया। उसके मुखड़े

पर चिन्ता और कष्टों की अनगिनत रेखाएं उभर आई। उसे अपने भविष्य में भी सुख-चैन दिखाई न देता था। उसे ऐसा लगता था कि परिवार की निर्धनता और बढ़ेगी। एक दिन मकान भी बिक जाएगा और बैंक में एक पैसा न होगा। फिर भी उस देवी ने कभी किसीके आगे शिकायत न की। उसने अपने नाकारा पति के विरुद्ध कभी एक शब्द किसीसे न कहा। हालांकि वह ही सारे परिवार के कष्टों का कारण था। सच्चे अर्थों में उस नारी ने अपने-आपको अपने परिवार पर बलिदान कर दिया था। अन्त में वह आप सूखकर कांटा हो गई। जब वह उस घर में आई थी, तब वह एक मोहक मुखड़ेवाली सुन्दर और सच्चरित्र युवती थी। पर आज उसका शरीर हड्डियों का ढांचा ही रह गया था।

इसे कहते हैं–वीरता। तरुणाई में उसने जो मधुर सपने देखे थे, वे लुप्त हो गए। जीवन का सारा सौन्दर्य और सुख मिट गया। परन्तु दिव्य धीरता और साहस से उस नारी ने सब कुछ सहन किया। उसका धैर्य अलौकिक था। उसकी शालीनता महान थी। उसके मन का सन्तुलन और आशावाद अनोखा था। यह यदि वीरता नहीं, तो फिर वीरता किसे कहते हैं?

युद्ध में एक बार प्राण खो देना–उस नारी की वीरता की तुलना में क्या है! निरन्तर तिल-तिल करके जलना निश्चय ही महान है।

परिवार के लिए तिल-तिल करके जलनेवाली नारी की समानता में संसार के बड़े से बड़े बीर भी नहीं ठहरने पाते। इस प्रकार के बलिदान माता के सिवा और कौन कर सकता है? वह अपने जीवन का सारा आराम परिवार के लिए निछावर कर देती है। वह अपनी सारी शक्ति, सारा समय, सब कुछ परिवार के लिए लगा देती है और इसके बदले में नाम, सम्मान और वाहवाही कभी भी नहीं चाहतीं।

एक साधारण परिवार में, माता जो सेवा करती है उसका मूल्य सबसे अधिक होता है। परिवार का कोई भी अन्य सदस्य इतना काम नहीं करता, कोई भी इतनी कुर्बानी नहीं करता, जितनी माता करती है। परन्तु साथ ही परिवार में जितनी

उपेक्षा माता की होती है, उतनी अन्य किसी की नहीं होती। उसे सारा समय प्रायः घर पर ही रहना पड़ता है। बच्चों की प्रत्येक आवश्यकता की उसे ही चिन्ता करनी पड़ती है। दूसरे लोग जब सैर-तमाशे के लिए जाते हैं, तब भी उसे घर के साथ ही जुटे रहना पड़ता है। उसके कार्यों का कहीं अन्त नहीं होता। अनेकों काम अचानक ही आ पड़ते हैं जो उसे ही निभाने पड़ते हैं। जब घर के सब लोग सो जाते हैं, तब भी प्रायः उसे बहुत-से काम करने पड़ते हैं।

पिता चाहे कितना ही स्नेह करनेवाला या विचारवान क्यों न हों, परन्तु माता ही गृहस्थी का भारी बोझ संभालती है। उसे परिवार की अधिक चिन्ता करनी पड़ती है। उसे बच्चों के पालन-पोषण और गृहस्थी को चलाने के लिए बहुत अधिक जुटाना पड़ता है। वास्तव में, एक अच्छी माता के गुण ही परिवार के अन्य सदस्यों को सदा इस बात का बढ़ावा देते रहते हैं कि वे उससे अनुचित लाभ उठाएं वे अपने स्वार्थ के लिए माता को तंग करने या थकाने से भी पीछे नहीं रहते। यदि वह इतनी दयालु न होती, इतनी स्नेहभरी न होती, इतनी कोमलहृदया न होती, इतनी विचारशील न होती, इतनी उदार न होती-तो परिवार के अन्य सदस्यों को इतना साहस न होता। पर वह परिवार के दूसरे सदस्यों के लिए हर तरह का बलिदान करने के लिए हर समय तैयार रहती है; इसलिए सभी उसे उचित-अनुचित रूप से दबाते हैं। वह यदि अपने-आपको इतना निछावर न करती, अपनी मांगों को प्रधान बनाए रखती, अपने व्यक्तिगत स्वार्थ को मुख्य गिनती, तो परिवार के लोग उसे इतना कष्ट न दे सकते।

एक मध्यम दर्जे के लोग यह समझते हैं कि घर की माता पर जितना चाहें उतना बोझ डालने का अधिकार है। माता का धीरज सराहनीय है; पर उन्हें क्या कहा जाए, जो हर समय उसपर भार डालते रहते हैं! ठीक है कि माता कभी शिकायत नहीं करती, परन्तु इसका यह तो अर्थ नहीं कि उसका ध्यान ही न रखा जाए। वह हर समय सहायता देने को तैयार रहती है। वह अपनी सन्तान को हर तरह से प्रसन्न रखने का प्रयत्न करती है; परन्तु वह बहुत अच्छी है, इस बात

का अनुचित लाभ तो न उठाया जाना चाहिए! सारा परिवार उसकी उपेक्षा करे, यह कहां तक उचित है? "ओह, मां बड़ी अच्छी है, वह घर पर रहेगी।"–ऐसा कहकर घर के लोग उसको हर तरह के मनोरंजन, भ्रमण और उत्सव से वंचित रखते हैं। यह कैसा अन्याय है!

हर तरह का बोझ बेचारी मां पर पड़ता है। हर तरह की जिम्मेदारी उसीपर आती है। खेद की बात है कि इसके लिए उसकी कभी प्रशंसा नहीं की जाती। कभी उसका यश नहीं गाया जाता।

साधारण परिवारों की अनेक माताएं परिवार के लिए अपना सब कुछ निछावर कर देती हैं। वे अपने स्वास्थ्य की भी चिन्ता नहीं करतीं। वे अथक परिश्रम करती हैं। वे थकने पर भी कभी नहीं थकतीं। एक अयोग्य लड़के को भी स्कूल या कालेज में भेजने के लिए वे अपना तन-मन-धन सब लगा देती हैं। वे कपड़े धोती हैं। घर की सफाई करती हैं। वे छोटे से छोटा और हीन से हीन समझा जानेवाला-झाड़ू-बुहारू और चौका-बर्तन तक का काम करती हैं। उनकी यही इच्छा रहती है कि उनके लड़के या लड़कियां किसी तरह पढ़-लिखकर योग्य हो जाएं। शक्ति न होने पर भी वे अपने परिश्रम के बल पर सन्तान को ऊंचा उठाने का प्रयत्न करती हैं उन्हें बदले में क्या मिलता है?–केवल उपेक्षा। उनसे मीठी बात तक करने का किसीको ध्यान नहीं रहता।

एक लड़की थी। वह सुन्दर थी। प्रसन्नमुख तथा प्रसन्नहृदय थी। उसमें उत्साह और स्फूर्ति थी। उसका विवाह हो गया। समय पाकर उसके चार बच्चे हुए। अचानक उसके पति की मृत्यु हो गई। वह कुछ धन न छोड़ गया था। सन्तान का सारा बोझ माता पर आ पड़ा। माता ने वीरता और धीरता से परिवार को चलाने का संकल्प किया।

दिन-रात के अथक परिथम से उसने बच्चों का पालन-पोषण किया और उन्हें पढ़ाया-लिखाया। उसके दोनों लड़के कालिज में पहुंचे और लड़कियां हाईस्कूल के छात्रावास में। एक दिन चारों भाई-बहिन अध्ययन पूरा करके घर

आ गए। वे स्वस्थ, सुन्दर और सभ्य थे। वे अपने समय के नये विचारों और रुचियों से भरे हुए थे। माता पुराने समय की और बूढ़ी हो चुकी थी। लड़के अपने मित्रों में मग्न हो गए और लड़कियां अपनी सहेलियों में लीन हो गईं। माता अपनी सन्तान से बात करने को भी तरसती थी। जब दो-तीन बरस जैसे-तैसे जीवन काटती हुई माता परलोक को चली, तब सन्तान की आंख खुलीं। उन्हें गहरा धक्का लगा। सबसे बड़ा लड़का माता के पास गया। उसने मां के चरण पकड़कर कहा, "मां! तू बड़ी अच्छी थी।"

इन शब्दों को सुनते ही माता के मुंह पर लाली छा गई। उसकी आंखें मुस्काईं। उसने अस्पष्ट शब्दों में कहा, "बेटा! तूने ये शब्द पहले क्यों नहीं कहे?" इसके बाद माता की आंखों की ज्योति सदा के लिए बुझ गई।

इस तरह की दुःखान्त घटनाएं परिवारों में नित्य होती रहती हैं। उनका वर्णन करने की शक्ति किसमें है! न जाने कितनी माताएं अपनी सन्तान से उपेक्षा ही पाती हैं। वे कभी प्रशंसा का एक भी शब्द सुनने का अवसर नहीं पातीं।

कितने पुत्र हैं जो अपने वचनों से माता को खुश करते हैं? कितनी पुत्रियां हैं जो अपने पत्रों द्वारा माता का हृदय प्रसन्न करती हैं? माता से मधुर वचन कहना या पत्रों द्वारा उसके हृदय को शीतल करना कौन उपयोगी समझता है? इसके लिए फुर्सत ही किसे है?

देश में अनगिनत ऐसे लोग हैं, जिनकी उन्नति का एकमात्र कारण उनकी माताएं हैं, उन्होंने ही इन्हें पाल-पोसकर बड़ा किया और शिक्षा दिलाकर योग्य बनाया। अब जब ये धनी बन गए, तब अपनी स्नेहमयी मां को सर्वथा भूल गए। होश तब आया, जब माता मृत्युशय्या पर पड़ी थी। मरने के बाद माता के 'विमान' क्रिया-कर्म और श्राद्ध पर हजारों रुपया खर्चने वाले मिल जाएंगे पर जीते-जी उसका ध्यान रखने का उसका सम्मान करने वाले कितने मिलेंगे?

माता सबसे गरीब प्राणी है। वह सबसे बढ़कर स्नेह लुटानेवाला जीव है। लगातार बरसों तक कष्ट सहकर अपनी सन्तान का वह पालन करती है। वह

उन्हें योग्य बनाकर समाज में भेजती है। पर वाह री कृतघ्नता! सन्तान उसका फिर कुछ भी ख्याल नहीं रखती। जब सन्तान माता से विमुख हो जाती है, तब माता को सबसे बड़ा दुःख होता है।

सन्तान की कृतघ्नता से बढ़कर माता के लिए दुःखदायी बात और कुछ नहीं हो सकती। जिनके लिए वह पल-पल कष्ट सहती रही-बरसों निरन्तर काम करती रही, वे उससे मधुर बचन कहने में भी कंजूसी करें, तो इससे अधिक दुःखदायी बात क्या हो सकती है?

ऐसे व्यक्ति आपको हर जगह मिलेंगे, जिनकी सफलता का कारण उनकी माता ही है। वे धनी बन गए, समाज में उनका मान-सम्मान हो गया। वे नहीं जानते कि माता ने ही उन्हें निरन्तर शिक्षा दिलाकर इस योग्य बनाया था। माता ने आत्मत्याग के बल पर ही उनका निर्माण किया था। उनकी शिक्षा के लिए माता ने सब कुछ निछावर कर दिया था। अरे! उस माता को माला पहनाओ। उसे भेंट और उपहार दो, उसकी जय-जयकार करो। वह देवी है। उससे मधुर वाणी में बोलो। उसकी सराहना करो। उसे उत्सव और तीर्थ पर संग ले जाओ। उसका ध्यान रखो। उसके निर्वाह का ध्यान रखो। उसके स्वास्थ्य का ख्याल रखो। वह सबसे बड़ा देवता है। उसके चरणों को पूजो।

माता अपने किए का बदला नहीं चाहती। वह तो आशुतोष है। तनिक मीठे और नम्र शब्दों से ही वह प्रसन्न हो जाती है। वह चाहती है कि उसकी सन्तान बढ़े और फूले-फले, पर जब वह देखती है कि उसकी सन्तान उससे विमुख हो गई है तब उसे अवश्य दुःख होता है।

एक माता थी। वह युवावस्था में ही विधवा हो गई थी। उसने अपार कष्ट सहकर और अथक परिश्रम करके अपनी सन्तान को पाला-पोसा, पढ़ाया- लिखाया, उनके ब्याह किए। लड़कों को काम-धन्धे पर लगाया। चिरकाल के संघर्ष और कठोरतर परिश्रम से वह सन्तान को बहुत योग्य बनाने में सफल हो गई।

एक दिन भेंट होने पर उसने कहा, "मेरा विचार है कि मैं अपने जीवन के बाकी दिन महिला-आश्रम में बिताऊं, क्योंकि बेटे यदि दुःख मानते हैं तो उनपर बोझ डालने का क्या फायदा?"

क्या सन्तान की यही योग्यता है? जिस वृक्ष की घनी छांह में पले हैं, उसे पानी देने को भी तैयार नहीं! जिसने सन्तान के लिए अपना सब कुछ गला दिया, उस माता के लिए आज सन्तान के पास रोटी-कपड़ा, एक चारपाई की जगह और मीठे शब्द नहीं हैं! आधे दर्जन कृतघ्न, स्वार्थी लड़के उस माता को जीवन-निर्वाह के लिए भी कुछ देने को तैयार नहीं! वे धनी हैं, योग्य हैं और प्रतिष्ठा वाले हैं वे अच्छे मकानों में रहते हैं। माता रोगिणी है, वृद्धा है, बेसहारा है। यह वही महिला है, जिसने कई बरस तक नौकरानी की तरह सन्तान का हरएक काम किया था। वे सन्तानें अपने-अपने नये घरों में चली गईं। सब अदने ऊंचे-ऊंचे भवन, माल-असबाब, फर्नीचर और वस्त्र-आभूषणों में ऐसे लीन हो गए हैं कि बेचारी मां की चिन्ता का किसी के पास समय नहीं।

एक मां है। उसके लड़के अच्छी दशा में हैं। माता को छोटी से छोटी आवश्यकता लड़कों से कहनी पड़ती है। माता भावुक है। जब छोटी से छोटी वस्तु भी उसे बेटों से मांगनी पड़ती है, तब उसका जी बड़ा दुखता है। उसे दुःख होता है कि वह अधीन है। प्रायः वह मन मारकर चुप रह जाती है। वह आत्मसम्मान वाली है। वह सदा बिना कहे ही सन्तान की आवश्यकताएं पूरी करती रही है। उसे हाथ फैलाते हुए बुरा लगता है। जब विवश हो जाती है, तभी वह कुछ मांगती है।

सामर्थ्य होते हुए भी बहुत-से लोगों को माता के निर्वाह का प्रबन्ध करने का विचार नहीं आता। वे समझते हैं, मां तो जहां होगी पड़ी ही रहेगी और जो मिलेगा खा लेगी। तनिक सोचिए, यदि इससे उलट दशा होती, तो क्या होता? यदि आप माता के अधीन होते और वह आपसे ऐसा बर्ताव करती, तो आपके हृदय की क्या दशा होती?

और किसी बात की उपेक्षा कर लीजिए, पर माता की उपेक्षा मत कीजिए। माता सबसे बड़ा देवता है। माता को किसी तरह दुःख मत दीजिए। वह परम देवता है। उसकी आवश्यकता को पूरा करना आपका धर्म है। ऐसा न करने से आपको पीछे बड़ा पछतावा होगा।

जीवन में मां का स्थान और कोई नहीं ले सकता। माता को यदि कभी आपने दुर्वचन कहे, तो उनसे उसे जितना पश्चात्ताप होगा, उतना और किसी बात से नहीं हो सकता। माता से निर्दयता का व्यवहार करने से बढ़कर पाप की कल्पना भी नहीं की जा सकती। जब माता इस लोक से चली जाती है, तब मनुष्य को अपने बुरे व्यवहार स्मरण करके जो दुःख होता है, जो लज्जा आती है और जो पछतावा होता है उसका वर्णन नहीं हो सकता। तब याद आता है कि वह देवी थी, जिसने अनेक कष्ट सहे। वह कोमलता की मूर्ति थी। वह स्नेह का भण्डार थी। उसने अपने अनेकों वर्षों के सुख और आराम सन्तान के लिए निछावर कर दिए थे।

धन और मान-प्रतिष्ठा पाकर माता को भूल जाना बड़े ही दुःख की बात है। पुत्र भूल जाते हैं कि माता ने निरन्तर बलिदान देते हुए उन्हें आगे बढ़ाया। जीवन में, बेटों की सारी सफलता का मूल कारण माता ही थी। काम-धन्धों में उलझकर पुत्र के पास समय नहीं कि बेचारी माता को चार स्नेह-भरे शब्द लिखे। जिसने प्राणों पर खेलकर सन्तान को पाल-पोसकर बड़ा किया, पढ़ाया-लिखाया, काम-धन्धे के योग्य बनाया-उसे दस-बीस रुपये का मनिआर्डर भेज दे, इस बात की पुत्र को फुर्सत नहीं! जब अचानक एक दिन माता की बीमारी का तार पहुंचता है, तो पुत्र को होश आता है कि उसने माता की कुछ सेवा न की; उसके गुजारे की कुछ चिन्ता न की; उसकी साधारण आवश्यकताओं को भी पूर्ण करने का प्रयत्न न किया। वह स्वयं ऐश्वर्य में रहा, धन में खेलता रहा, पर माता को कुछ सुख न दे सका! पर अब क्या हो सकता है? अधिक से अधिक वह यही कर सकता है कि उसकी अन्त्येष्टि-क्रिया

धूमधाम से कर दे ओर उसका श्राद्ध शान से कर दे।

ध्यान रखिए कि संसार के किसी भी योग्य और महान मनुष्य ने अपनी माता की कभी उपेक्षा नहीं की। किसी भी श्रेष्ठ मनुष्य ने अपनी माता से कभी दुर्व्यवहार नहीं किया।

हमारा एक परिचित व्यक्ति है। उसके माता-पिता बड़े निर्धन थे। इस व्यक्ति को जीवन के आरम्भ में बड़ी कठिनाइयों का सामना करना पड़ा। उसे बहुत संघर्ष करना पड़ा। परन्तु वह धनी हो गया और उसने अपना बहुत बड़ा भवन बनवाया, तब उसने अपनी माता के लिए उस भवन में अलग एक कमरा बनवाया। उस कमरे में सुन्दर फर्नीचर रखा। सुविधा के सब सामान उसने प्रस्तुत किए। उसने माता के लिए एक अलग नौकरानी रख दी। उसके नाम अलग रुपया जमा करवा दिया, जिससे जब चाहे वह निकलवा लाए। उसे किसी से मांगना न पड़े। वह माता अपने पुत्र के परिवार के साथ रहती है। परन्तु वह पूरी तरह स्वतन्त्र है। वह किसी के घर में नहीं, बल्कि अपने घर में रहती है। उसका पूरा मान-सम्मान है। प्रत्येक पुत्र को ऐसी माता के दर्शन करने चाहिए, और अपनी माता के लिए भी ऐसा ही प्रबन्ध करना चाहिए। श्रेष्ठ लोग अपनी माताओं का मान-सम्मान सदा स्थिर रखते हैं। और उनके आशीर्वाद से और भी उन्नति कर जाते हैं। महाभारत में विदुर ने भी कहा है : "जो माता-पिता का अभिवादन करता है, उनकी नित्य सेवा करता है, उसकी चार बातें सदा बढ़ती ही रहती हैं–आयु, विद्या, यश और बल।"

अमेरिका का जेम्स ए० गारफील्ड जब वहां का राष्ट्रपति चुना गया, तब उसने सबसे पहला काम यह किया कि अपनी माता को नमस्कार करने गया। उस समय माता ने कहा, "यह मेरे जीवन का सबसे आनन्ददायी दिन है और इस दिन पर मुझे गर्व है।"

फ्रांस के एक गांव में एक बाग की मालिन थी। उसने बड़े परिश्रम से अपने पुत्र को पढ़ाया-लिखाया और योग्य बनाया। वह उन्नति करते-करते फ्रांस का

राष्ट्रपति बन गया। राष्ट्रपति बनते ही वह सबसे पहले अपनी माता के चरणों में पहुंचा। माता घर पर न थी। योग्य पुत्र सब्जी मंडी पहुंचा। वह बेचैनी से माता की प्रतीक्षा कर रहा था। थोड़ी देर में माता अपनी छोटी-सी मोटर में आई। मोटर शाक-सब्जी से लदी हुई थी। फ्रांस के राष्ट्रपति लूबे ने-नहीं, नहीं, मां के बेटे लूबे ने नमस्कार किया। उसे हाथ का सहारा देकर मोटर से उतारा और फिर अपनी मोटर पर ले जाकर बिठाया। खुली कार में धूप लग रही थी। बेटे ने मां के ऊपर छतरी तान दी। वह छतरी को हाथ में ही पकड़े रहा। तब मां-बेटे बातचीत में मग्न हो गए।

एक बार एक कालेज का एक प्रतिभाशाली छात्र अपने साथियों से बातें कर रहा था। उसी समय बहुत ही साधारण वस्त्रों में एक महिला वहां आई। वह प्रतिभाशाली छात्र की माता थी। छात्र ने अपने साथियों से कहा, "यह मेरी माता है।" उस छात्र के कहने का ढंग ऐसा उल्लास और सम्मान से भरा हुआ था कि मानों वह देश की महारानी हो और उसके आने पर छात्र का सम्मान कई गुना बढ़ गया हो। माता वृद्धा थी। उसकी कमर झुकी हुई थी। उसके हाथ कांप रहे थे। ऐसा लगता था कि जैसे वह समय से पहले ही वृद्धा हो गई थी। उस प्रतिभाशाली बालक को कालेज में पढ़ाने के लिए ही उस महिला ने अपना सब कुछ लगा दिया था।

इसके विपरीत बहुत-से ऐसे कालेज के नवयुवक मिलेंगे, जो अपनी माता को माता कहने में भी लजाएंगे, क्योंकि उसने अच्छे वस्त्र नहीं पहन रखे।

एक महिला ने नौकरी करके अपने पुत्र को पाला। अनेक बरस उसने बड़े कष्ट सहे और बड़ा कठोर परिश्रम किया। वह घर का सारा काम-धन्धा करती। फिर नौकरी करने भी जाती। उसकी एक इच्छा थी कि पुत्र ऊंची शिक्षा पा जाए। वह चाहती थी कि पुत्र कालेज तक शिक्षा प्राप्त करे। वह उसे ग्रेजुएट बनाना चाहती थी। जब उपाधि-वितरण का समय आया तब माता ने कहा कि वह भी उस दृश्य को अपनी आंखों से देखने जाएगी। परन्तु पुत्र ने माता को साथ ले

जाने से इन्कार कर दिया। उसने कहा, "मां! ऐसे कपड़ों में तुझे देखकर मेरे साथी क्या कहेंगे? मैं तो उन्हें नहीं कह सकता कि यह मेरी मां है।"

वाह री कृतघ्नता! एक पुत्र अपनी माता को-उसी माता को-जिसने उसे योग्य बनाया है, अपनी माता कहने से सकुचाता है! महिला निश्चय ही पक्की थी। पीछे से वह वहां जा पहुंची। उसने यह प्रयत्न अवश्य किया कि उसका पुत्र उसे न देख ले।

जब उसने पुत्र को गाउन पहने और उपाधि (डिग्री) हाथ में लिए अपने साथियों के साथ आते देखा तो वह अपने-आपको भूल गई। वह दौड़ी हुई लड़के के पास गई और उसे गले से लगाने लगी। परन्तु लड़के ने उसे रोक दिया। एक तरफ ले जाकर उससे कहा, "मां! मुझे तो बड़ी शर्म लग रही है। यहां क्यों आ गई? जा, चली जा।"

इतने वर्ष के बलिदान का मां को यह फल मिला। वह वहां से अकेली ही घर वापस आई है। उसका हृदय कुचला गया था।

जो मनुष्य अपनी मां को मां कहने से लजाता है, वह कभी बड़ा आदमी नहीं बन सकता-वह कभी महान नहीं हो सकता, न आज तक कोई हुआ है। ऐसे मनुष्य स्वार्थी और नीच होते हैं।

उस माता के घाव का तनिक अनुमान कीजिए। उसने नौकरानी की तरह पुत्र की सेवा की। धन कमाने के लिए नौकरी की। उसने अपना सब कुछ पुत्र की उन्नति के लिए लगा दिया और पुत्र को उसपर गर्व नहीं! उसे मां कहते शर्म आती है!

एक बड़े परिवार के पालन-पोषण पर एक माता अपना तन-मन-धन लगा देती है। वह निर्धनता से युद्ध करती है, और अपने घर की शान बढ़ाने की कोशिश करती है। वह अपने कष्ट की परवाह न करके बच्चों को पढ़ाती-लिखाती है। जब वह सोचती है कि वह बच्चों से बुद्धि में पिछड़ रही है, तब वह पढ़ने का यत्न करती है; पर अब उसके पास न तो पढ़ने के लिए

समय होता है और न शक्ति। वह यात्रा नहीं कर सकती। सभा-समाजों में जाकर भाषण नहीं सुन सकती। वह अपने ज्ञान का क्षेत्र नहीं बढ़ा सकती। जब उसका यौवन मुरझा जाता है, उसके शरीर की शक्तियां कम हो जाती हैं, जब उसका शरीर सूखने लगता है, उस समय सन्तान उसे 'मां' कहने से भी लजाए-इससे बढ़कर उसके लिए दुःख की बात और क्या हो सकती है! क्योंकि वह कम पढ़ी है या अच्छे कपडे नहीं पहनती, इसलिए क्या वह 'मां' नहीं रही?

परन्तु "पुत्र कुपुत्र भले ही हो, माता कुमाता कभी नहीं होती।"

पुत्र चाहे कितना ही कृतघ्न हो, कितनी ही आंखें फेर ले, पर माता माता ही रहती है। पुत्र चाहे कितना नीच, कितना हीन, कितना गिरा हुआ, कितना पापी और अपराधी क्यों न हो–वह हर वक्त अपनी माता पर विश्वास कर सकता है। बुरे से बुरे पुत्र को माता गले से लगाने में संकोच नहीं करती। जिस समय और सब संगी-साथी छोड़ जाते हैं, उस समय भी ममतामयी माता पुत्र को अपना पुत्र कहने से इनकार नहीं करती।

एक बार एक बड़ा दुःखदायी दृश्य देखने का मौका मिला। एक गरीब, बूढ़ी, लड़खड़ाती स्त्री थी। उसने अपनी सारी आयु बच्चों पर लुटा दी थी, निछावर कर दी थी। वह बहुत दूर अपने बेटे से मिलने जा रही थी। वहां उसका बेटा किसी अपराध के कारण जेल में पड़ा था। सबने उस अपराधी का साथ छोड़ दिया था। पर मां का हृदय! गरीब बुढ़िया को इस बात का कुछ ख्याल न था कि वह पुत्र अपराधी है, उसने परिवार को कलंक लगाया है, हरएक ने उसका साथ छोड़ दिया है, लोग उसकी छाया से भी दूर भागते हैं। माता को यह भी परवाह न थी कि यह वही पुत्र है जिसने उससे कई बार निर्दयता का बर्ताव किया था। मां का हृदय उस बेटे को मिलने के लिए उसी तरह छटपटा रहा था, जिस तरह किसी योग्य बेटे के लिए छटपटाता है। उसकी दृष्टि में अपराध ने उसके बेटे को नष्ट नहीं किया था। उसका तो वही स्नेहपात्र था, जिसे उसने गोद में खिलाया था।

अहा! माता के प्यार के समान और कोई प्यार नहीं! माता का प्यार जीवन-भर पुत्र के साथ-साथ रहता है। वह पल-भर के लिए भी नहीं मिटता। पुत्र चाहे कितना ही नालायक हो माता का स्नेह उस पर बना ही रहता है।

माता का इतना गौरव कहने के उपरान्त हमें यही कहना है कि वर्ष में एक दिन माता का दिन होना चाहिए। उस दिन उसकी पूजा और अर्चना की जानी चाहिए। हमें माता का सम्मान सत्य ही करना चाहिए। वे सौभाग्यशाली हैं, जिन पर माता की छत्रछाया है, वे आज से ही उसका सम्मान आरम्भ कर दें। जिनकी माता स्वर्ग में है, वे उसके नाम पर पुष्पों की अंजलि चढ़ाएं।

यदि आपकी माता दूर है; तो उसे अभी एक स्नेह-भरा लम्ब पत्र लिखे ध्यान रहे, सबसे अच्छी माता है–तुम्हारी अपनी माता। दूकान, दफ्तर या कारखाने से जाते हुए माता के लए कुछ उपहार ले जाइए और नम्रता से माता की भेंट कीजिए। किसी मेले-तमाशे में जाते हों या बाग में जाते हों, तो माता को अपने परिवार के संग ले जाना न भूलिए। जिस काम से उसका हृदय प्रसन्न होता हो, उस काम में यदि आपका समय और धन भी व्यय होता हो तो कीजिए। अपनी माता जी से मधुर वचन बोलिए। उनके त्याग और तप की प्रशंसा कीजिए। अपनी सफलता के लिए माता का धन्यवाद कीजिए। मातृ-ऋण उतारना कठिन है, पर यदि आदि उसे प्रसन्न रखेंगे तो समझिए कि वह ऋण उतर गया।

पिछली भूलों पर पछताने की आवश्यकता नहीं। आप भूल मत कीजिए। माता को उचित श्रेय दीजिए। उन्हें हरएक सम्मान दीजिए। उन्हें अपनी भक्ति से प्रसन्न कीजिए । उनके प्रति अपने उचित कर्तव्य का पालन कीजिए और कभी मत भूलिए : 'माता परम देवता है।'

•••